JN286719

FALLEN MAIDEN
GENOCIDE

presented by
MISAKI SAGINOMIYA
illustration
NOCO

序幕

FALLEN MAIDEN
GENOCIDE

presented by
MISAKI SAGINOMIYA
illustration
NOCO

賜ヒ野乱歩《たまのらんぽ》が事件現場《げんば》に――上野駅《うえのえき》前に到着《とうちゃく》した頃《ころ》、時刻《じこく》は逢魔時《おうまがとき》に差し掛かりつつあった。

広場を照らすガス灯《とう》に、混乱する群衆《ぐんしゅう》の姿《すがた》が浮かび上がっている。

血相《けっそう》を変えて走り去る詰襟《つめえり》姿の学生。呆然《ぼうぜん》と立ち尽くす子連《こづ》れの婦人《ふじん》。何事か喚《わめ》いている山《やま》高帽《たかぼう》の紳士《しんし》――。彼らの間をすり抜け、乱歩は現場の中枢《ちゅうすう》へ潜《もぐ》り込んでいった。

この先に、彼の追う少女がいるはずだ。

「――広場を出て右手に、救護《きゅうご》の本隊《ほんたい》が控《ひか》えている！」

人混《ひとご》みの向こうで、女性警官《けいかん》がサーベルを片手に人々を誘導《ゆうどう》している。

「そちらへ逃げるんだ！　動けない者は申《もう》し出てくれ！」

凛《りん》とした声色《こわいろ》に、周囲の混乱がわずかに緩和《かんわ》した。人々は我に返ったように前を向くと、指《し》示《じ》に従いその場を離れていった。

「桔梗《ききょう》さん！」

彼女の元に駆《か》け寄り、ほとんど叫ぶように名を呼んだ。

「おお、賜ヒ野じゃないか！」

火ノ星《ひほし》桔梗巡査《じゅんさ》部長は、警戒《けいかい》姿勢《せい》を崩《くず》さぬまま振り返える。長い髪《かみ》が詰襟《つめえり》の上を流れた。

「こんなところまで来るとは、また取材《しゅざい》か！」

「はい！」

「見上げた根性《こんじょう》だが命は落とすなよ！　死にさえしなければ睡蓮《すいれん》がなんとかする！」

言って、彼女は後方《こうほう》に視線をやった。

その先では——一人の女性が数名の助手に囲まれ、怪我人《けがにん》の応急《おうきゅう》処置に当たっていた。

たっぷりとした看護衣《かんごい》が、今は真《ま》っ赤《か》な血に濡《ぬ》れている。

「承知《しょうち》です。止《や》むを得ない場合は、桔梗さんの管轄《かんかつ》を出てから死ぬようにしますよ！」

「そいつは助かる！」

笑う桔梗に一礼《いちれい》し、乱歩はもう一度《いちど》駆け出した。袴《はかま》がはためき、足元《あしもと》で砂埃《すなぼこり》が舞い上がった。

さほど広くもない駅前広場《ひろば》だ。すぐに戦闘《せんとう》が行われていたであろう中央付近《ふきん》に到着する。

既《すで》に避難《ひなん》が済んでいるらしい。付近に都民《とみん》は残されていない。

しかし——目当ての「少女」の姿が見当たらない。

彼女が戦っているはずの活《い》キ人形の姿も。

もしかして、もう戦闘は終わったのだろうか？　あるいは、どこか別の場所へ移動した……？

不可解《ふかかい》な状況に、乱歩が推測《すいそく》を始めたその時だった——。

彼の耳に、遠く風を切るような音が届く。どこから聴《き》こえるのか分からない「ヒュウウウ」

という小さな音。それは徐々《じょじょ》に大きく鮮明《せんめい》になり、乱歩に近づいてくる。

そして、本能的《ほんのうてき》に危険を感じ取り、乱歩がその場から飛び退《の》いた瞬間《しゅんかん》——。

目の前に——何かが墜《お》ちてきた。

何度も続けざまに、凄《すさ》まじい轟音《ごうおん》を立てながら。

背後で悲鳴《ひめい》と怒声《どせい》が上がる。混乱を通り越し、恐慌《きようこう》状態が伝播《でんぱ》していく。

突然の風圧《ふうあつ》とはじけ飛んだ砂利《じやり》に、乱歩《らんぽ》は思わず蹲《うずくま》ったが——落下音《らつかおん》は数秒で止《や》んだ。

残ったのは、奇妙《きみよう》な静けさと立ち込める砂埃《すなぼこり》のみ。

状況を把握《はあく》せんと、乱歩は必死《ひつし》に目を凝《こ》らす。何が墜《お》ちてきたのか。そしてそれは誰《だれ》によって墜とされたものなのか。どうしてもそれを、確認《かくにん》せねばならない。——実のところ、答えはほとんど自明《じめい》なのだが。

乳白色《にゆうはくしよく》の砂埃の向こう、最初に浮かびがったのは——人の顔だった。

無《む》表情に目を見開き、口をわずかに開けた、人間の顔。

不気味《ぶきみ》なその様相《ようそう》に息をのみつつ、乱歩はさらに確認する。

顔は一つだけではない。無数《むすう》の人間の体が、折り重なるようにして散乱《さんらん》していた。その数、およそ十体《じつたい》ほど。不《ふ》自然に折れ曲がりちぎれた関節《かんせつ》からは、銀色《ぎんいろ》に輝く金属《きんぞく》が覗《のぞ》いている。地面には、濃厚《のうこう》な死の匂《にお》いを放つ血溜《ちだ》まりがどす黒く淀《よど》んでいた。

——活《い》キ人形だ。

——活キ人形が目の前で墜落《ついらく》し、絶命《ぜつめい》したのだ。

ということは……。

乱歩はゆっくりと顔を上げ——空から彼女が降りてくるのを目撃《もくげき》する。

ところどころ黒いアクセントをあしらった、真紅《しんく》のドレス。

手にする日傘《ひがさ》はドレスに合わせた漆黒《しっこく》。

背丈《せたけ》は決して低くはないが、服越《ふくご》しにも体の細さがはっきりと見て取れた。

小さなおかっぱの頭の後ろには魔法陣《まほうじん》が浮かび、ゆっくりと回転している。

そして、幼いながらも整ったその顔は——見下《みくだ》すような表情を浮かべ、活キ人形の残骸《ざんがい》の方を向いていた。


——墜落乙女《ついらくおとめ》。


降臨《こうりん》とでも呼ぶべきその登場に、周囲の空気が瞬時《しゅんじ》に変質《へんしつ》する。

戦慄《せんりつ》が走り、畏怖《いふ》が広がり、誰《だれ》もが一歩たりとも動けなくなる。

風に吹かれ、広場《ひろば》を縁取《ふちど》る梅《うめ》の花びらが散った。

桃色《ももいろ》のそれは少女の周囲を不《ふ》自然に踊り、その光景《こうけい》に乱歩は寒気《さむけ》を覚えた。

闇《やみ》に浮かぶ赤と黒と桃色《ももいろ》が、どこか悪夢《あくむ》めいているように見えて。

そして——その中心で闇に浮かぶ少女が、わずかに微笑《ほほえ》んでいるように見えて。

「ああ……」

淫靡《いんび》に息を吐き、少女は呟《つぶや》くような声を漏《も》らした。

「眺望絶佳《ちょうぼうぜつか》」

魔術夜話

乙女ジェノサイド

FALLEN MAIDEN GENOCIDE

大正空想

墜落ジェノ

岬鷺宮
Misaki Saginomiya

illustration
NOCO

第一幕

019

FALLEN MAIDEN
GENOCIDE

presented by
MISAKI SAGINOMIYA
illustration
NOCO

大正《たいしょう》十一年　三月十六日
帝都《ていと》日日雑報《にちにちざつぽう》朝刊《ちょうかん》
墜落乙女《ついらくおとめ》、人形座《ざ》と上野《うえの》にて交戦《こうせん》

昨夜、午后《ごご》八時頃《ごろ》。十體程《じつたいほど》の活キ人形が上野に現《い》はれ、付近を通行中の帝都民《みん》に襲《おそ》い掛かった。歸宅途中《きたくとちゅう》の男性と學生《がくせい》等、計十一名死亡《しぼう》。直後、墜落乙女が現はれ、高所から落下《らつか》せしめ活キ人形を退治《たいじ》した。

人形座による襲撃《しゅうげき》はこれで十二件目《め》。

墜落乙女との戰闘《せんとう》は通算《つうさん》六回目となる。

また、この度《たび》初めて本紙《ほんし》記者がその戰闘の目撃《もくげき》に成功した爲《ため》、本《ほん》記事に於《お》いて詳細《しょうさい》に經《けい》緯《い》を記述《きじゅつ》する――

＊

「一体何度《なんど》言えば、分かってくれるのだ」

昼過ぎの麴町区《こうじまちく》富士見町《ふじみちょう》。帝都日日雑報の記者室にて。

編集長《へんしゅうちょう》の東条《とうじょう》は、眉間《みけん》にしわを寄せカイゼル髭《ひげ》をひねった。

「賜《たま》ヒ野君《のくん》が頑張《がんば》っていることは、私もよく分かっているよ。墜落乙女の戦いに居合《いあ》わせたことのある記者は、帝都内でも君だけだろう。それでも君の記事は、その長所を帳消《ちょうけ》しにして余りあるほどに——地味《じみ》なのだ」

革張《かわば》りの椅子《いす》に腰掛ける彼の体は、さながら三方《さんぽう》からはみ出した鏡餅《かがみもち》のようにでっぷり太っていた。しかし、そこから放たれるのは、めでたさとは程遠《ほどとお》い不満の色だ。

苦《にが》い気分で視線を窓の外にやる。隣棟《となりむね》の屋上の伝書鳩《でんしょばと》小屋と神楽坂《かぐらざか》の町が目に入った。このところ暖かい日が続いていたが、今日《きょう》の帝都には真冬《まふゆ》を思わせる冷たい風が吹いていた。

「例えば、これらの記事を見てくれ」

東条は、何紙か他社の朝刊を取り出し机の上に並べる。

「書賈《かきうり》新聞も、時事報社《じじほうしゃ》も、毎朝國報《まいあさこくほう》も、戦闘には立ち会わず、事後取材《じごしゅざい》だけでこれだけ派手《はで》な記事を書いている。そうすると、どれだけ君の記事の質が高くても、帝都民の目はこちらへ行ってしまうのだ」

確かにそこには、人目《ひとめ》を惹《ひ》きやすい外連味《けれんみ》溢《あふ》れる見出しが躍《おど》っていた。

「戦慄《せんりつ》！　墜落乙女《ついらくおとめ》の残虐《ざんぎゃく》！」

「死者多数《たすう》！　上野《うえの》駅《えき》前の地獄《じごく》絵図《えず》」

「無差別《むさべつ》に襲撃《しゅうげき》する人形座《ざ》の外道《げどう》」

しかし、乱歩《らんぽ》はそれらの見出しに——半《なか》ば反射的に、嫌悪感《けんおかん》を覚える。

「こんな記事……絶対に書けません！」

声に力を込め、乱歩は主張した。

「残虐だの地獄絵図だの外道だの……こんな言葉を使えば、徒《いたずら》に帝都民《ていとみん》の不安を煽《あお》るだけでしょう。確かに人目は惹くかもしれませんが、そんなやり方は間違っています。新聞が伝えるのは、まずは客観的《きゃっかんてき》な事実であるべきだ！」

「……君の言っていることも、もちろん分かるのだよ」

押すだけでは効果がないと悟《さと》ったのか、諭《さと》すような声で東条《とうじょう》は言った。

「それでも、我が社も新聞社《しんぶんしゃ》である以上、人々に購読《こうどく》してもらわねばならんのだ。そうなると、どうしても『人形座事件《ざじけん》』の記事は派手《はで》なものである必要が出てくる。墜落乙女と活《い》キ人形の戦いは、今や帝都民の一大関心事《いちだいかんしんじ》だからな」

──「人形座座長《ざちょう》」を名乗る者から最初に犯行《はんこう》予告が寄せられたのは、三ヶ月前のことだった。

「──帝都ニハ、血ノ香《かお》リガ不足シテオリマス。嘆《なげ》キガ、怒《いか》リガ、絶望《ぜつぼう》ガ不足シテオルノデス。シカラバ我々人形座ガ、混亂《こんらん》ト殺戮《さつりく》ノ華《はな》ヲ咲カセマセウ」

そんな文面《ぶんめん》が警視庁《けいしちょう》と報道各社《かくしゃ》に寄せられ──そして実際に「活キ人形」たちが人々を襲撃し始めた。

──活キ人形。

彼らは一見《いっけん》すると、非常に精緻《せいち》に作られた人形のように見える。身の丈《たけ》は赤子《あかご》程度《ていど》のものから熊程《くまほど》の巨軀《きょく》のものまで様々《さまざま》だ。捕獲《ほかく》した個体を検分《けんぶん》して分かったのは、体は桐材《きりざい》で、髪《かみ》は馬《うま》の鬣《たてがみ》で、玉眼《ぎょくがん》はガラスで作られている、ということだった。

しかし、どれだけ仔細《しさい》に調べても──ただの人形が「自動的に動く」原理《げんり》が分からない。身体《からだ》の内部構造《こうぞう》に使われている金属《きんぞく》の加工方法《かこうほうほう》も、人語《じんご》を解《かい》し自ら発話《はつご》する仕組みも全く解明《かいめい》出来ない。

つまり彼らは──現代の科学の埒外《らちがい》にある力によって駆動《くどう》し、帝都の人々に襲《おそ》い掛かっているのだ。

「モダン」が持て囃《はや》され、技術の発展著《いちじる》しいこの大正《たいしょう》の御代《みよ》に──帝都民は、条理《じょうり》に反する化《ば》け物《もの》に怯《おび》える日々を過ごしている。

「――そうそう、今日《きょう》もまた『座長《ざちょう》』から犯行《はんこう》声明が届いておってな」

東条《とうじょう》は一枚の紙を乱歩《らんぽ》に手渡す。

「これがまた――帝都《ていと》民《みん》の注目《ちゅうもく》を一層《いっそう》集めそうなものなのだ」

そこには、帝都を混乱に陥《おとしい》れる計画は順調《じゅんちょう》に進んでいること、今後も襲撃《しゅうげき》は続くことが、独特《どくとく》の角ばったペン字で記されていた。そして、

「私ハ座長デアルト共ニ役者《やくしゃ》デモアリマス。次回公演《こうえん》デハ是非《ぜひ》舞臺《ぶたい》ニアガリ、我ガ演技ヲ皆様《みなさま》ニ御覧《ごらん》ニイレマセウ」

声明は、そんな文章で結ばれていた。

「座長が公演に参加する……」

「つまり、戦闘《せんとう》の場に首謀者《しゅぼうしゃ》直々《じきじき》出向く、ということなのだろう。そして当然そうなれば――墜落乙女《ついらくおとめ》とも、戦うことになるはずだ」


――人形座《ざ》の襲撃が始まり、しばらくした頃《ころ》。

遡《さかのぼ》ることひと月ほど前――一人の少女が、活《い》キ人形に戦いを挑《いど》み始めた。

真《ま》っ赤《か》なドレスを身にまとい、妖《あや》しい術《じゅつ》を駆使《くし》する正体不明《しょうたいふめい》の少女が。

彼女は誰《だれ》よりも早く活キ人形出現《しゅつげん》を察知《さっち》し、現場《げんば》に出現――凄《すさ》まじい力量《りきりょう》でそれらを圧倒《あっとう》

し続けた。

警官隊《けいかんたい》が活キ人形との戦闘に手こずっていた折りだ、帝都民はその活躍《かつやく》を大いに歓迎《かんげい》し、自らを守ってくれる「正義《せいぎ》の味方《みかた》」として持て囃《はや》した。「墜《お》ちる」ようにして空を舞うその様《さま》から「墜落乙女」という特別の呼び名まで付けられたほどだった。実際、彼女の登場により命拾《いのちびろ》いした人間は、かなりの数に上るだろう。

だが……それからひと月経《た》った現在。

その実情《じつじょう》が、性質が少しずつ明らかになり、彼女もまた活キ人形同様《どうよう》――あるいはそれ以上に、帝都民から恐れられる存在となっている。


「墜落乙女の登場、座長の参加……もうここまでくれば、全《ぜん》帝都民が事件に注目すると言っても過言《かごん》ではない。だから、本当に何でもいいんだ……」

気付けば東条の声は、懇願《こんがん》するような響《ひび》きを孕《はら》み始めていた。

「現状を打破《だは》出来るような、他紙《たし》に勝てるような策はないものかね……？」

……こうやって弱られてしまうと、さすがにこれ以上強気《つよき》ではいられなくなる。

東条は、自分を記者として拾い上げてくれた恩人《おんじん》でもあるのだ。ひたすら説得《せっとく》を突っぱねてきたが、ここで方針を変えることにしよう。

実のところ……今後の策も、用意出来ている。

「昨日《きのう》の取材《しゅざい》の後になのですが」

「うむ」

「『人形座《ざ》事件』の真相《しんそう》に迫り得るかもしれない情報を手に入れたのです」

「……情報？」

興味《きょうみ》を持った様子《ようす》で、東条《とうじょう》は顎《あご》を撫《な》でた。

「はい。他社《たしゃ》は持っていないであろう、重要な情報です」

「ふむ……」

にわかには信じられないだろうが、乱歩《らんぽ》がこういう場面で話を誇張《こちょう》しないことはよく分かっているのだろう。東条は、真剣な表情で話を聴《き》いている。

「今日《きょう》はこれからその情報を元に取材しようと考えています。もしそれがうまくいけば——少なからず、帝都民《ていとみん》の注目《ちゅうもく》は集められることと思います」

「……なるほどね」

頷《うなず》き、目をすがめる東条。

視線を落とし、何かを考えるようにしばし顎を撫でると、

「……分かった」

彼は計画の内容を問い質《ただ》すこともなく、まっすぐ乱歩の目を見た。

「敢《あ》えて深くは訊《き》かんが、期待しているぞ。必ずや、他紙《たし》に追いつき追い越す記事を書いてく

れ」

「分かりました」

「では、いつも通り記者章《きしやしよう》は牧島君《まきしまくん》から受け取ってくれたまえ」

「ありがとうございます」

一礼《いちれい》して自席《じせき》に戻り、乱歩は荷物をまとめ出掛ける準備を始めた。

徐々《じよじよ》に鼓動《こどう》は高鳴《たかな》り始め、鞄《かばん》を持つ手に力が込もる。

今日の取材はきっと、自分の記者生命《せいめい》を――場合によっては、人生そのものを左右するものになるだろう。

＊

「しかしまあ、よくもあんな事件を取材出来るものだな」

都電《とでん》の駅に向け外堀通《そとぼりどお》りを歩きながら、臼杵《うすき》久作《きゆうさく》は半《なか》ば呆《あき》れたようにそう言った。

「人形座も墜落乙女《ついらくおとめ》も分からんことだらけだし、怖《こわ》い思いをすることも多いだろうよ」

十七歳《さい》には見えぬ老《ふ》けた顔にざっくばらんな性格の彼は、乱歩と同時期《どう》に入社した政治経済《せいじけいざい》部の記者だ。同じく午後に取材があるとのことだったので、二人は連れ立って社を出たのだ。

「まあ、それは僕としても否定《ひてい》は出来ないな」

苦笑《くしょう》しつつ、乱歩《らんぽ》は頷《うなず》く。

「確かに、直《じか》に見る活《い》キ人形は足がすくむほど恐《おそ》ろしいよ」

「……いや、活キ人形もそうなんだが」

言って、臼杵《うすき》は声を潜《ひそ》める。

「俺《おれ》が怖《こわ》いのは『墜落乙女《ついらくおとめ》』だよ……」

「……ああ、そうなのか」

「あんな『悪人《あくにん》』に帝都民《ていとみん》の命を守られていると思うと、心底《しんそこ》ぞっとしないね……」

臼杵がそう思うのも仕方がない。乱歩は鼻から息を吐くと、深く頷いた。

──悪人。

当初《とうしょ》のうちこそ、都民を救う正義《せいぎ》の味方《みかた》として期待の目で見られていた墜落乙女だが、今や彼女は、多くの帝都民に悪人として認識《にんしき》されていた。

その戦い方は、あまりに残虐《ざんぎゃく》すぎたのだ。

──首を一瞬《いっしゅん》で刎《は》ねる。

──高所《こうしょ》から突き落とす。

──死体《したい》を必要《ひつよう》以上に損壊《そんかい》する。

そんな蹂躙《じゅうりん》としか言えないような方法で彼女は活キ人形を駆逐《くちく》し──向けられる視線には、いつしか期待ではなく恐れが込められるようになった。

さらに、その口からは傲岸不遜《ごうがんふそん》な発言ばかりが紡《つむ》がれ、悪辣《あくらつ》な精神も帝都民に恐怖《きょうふ》されている。最近では、戦闘能力《せんとうのうりょく》が上である分、活キ人形よりも墜落乙女の方が恐れられているほどだ。同業他社《どうぎょうたしゃ》の記事では「墜落乙女は活キ人形を殺すことで性的高揚《せいてきこうよう》を得ている」などという中傷《ちゅうしょう》めいた説まで取り上げられていた。

「その上お前ときたら、記者業《ぎょう》に対するこだわりが強いもんだから……そりゃあ取材《しゅざい》に難儀《なんぎ》するのも当然だろうさ」

「んん、それはその通りだと思うんだが」

乱歩は低く唸《うな》り、路肩《ろかた》に停まる自動車から人が出てくるのに視線をやりつつ、

「……怖いし訳《わけ》が分からないからこそ、こだわっている、ということもあるのだと思う」

呟《つぶや》くようにそう続けた。

「……どういうことだ？」

「ええと、そうだな……あの事件に関しては、未《いま》だに分からないことだらけだろう？　人形座《ざ》の正体《しょうたい》も目的も、墜落乙女が何者なのかも全く分からない訳だ。だから帝都民は怖がる。僕や臼杵も怖いと思う。彼女に対する嫌悪感《けんおかん》は――ひたすら増殖《ぞうしょく》していく。ならばこそ、そこで情報を正しく把握《はあく》し、人々に伝えるのが記者の務めだと思うんだよ」

――正しく事実を把握し、適切にそれを報じる。

それが記者としての、乱歩の第一の信条《しんじょう》だった。

災害《さいがい》であっても、殺人《さつじん》事件であっても、国家間《こっかかん》の戦争であっても、まず人々に必要なのは正しい情報だ。事実を知ることによって初めて、人々は判断《はんだん》、対処《たいしょ》をすることが出来るようになる。

そして逆に、誤《あやま》った情報、脚色《きゃくしょく》された情報は、時に人を不幸にする。誤解《ごかい》は混乱を生み、本来起《お》こらなかったはずの、悲劇《ひげき》さえ招《まね》くことがある。そのことを、乱歩《らんぽ》は誰《だれ》よりもよく理解していた。

だから彼は――余計《よけい》な脚色も演出《えんしゅつ》もない真相《しんそう》を、帝都民《ていとみん》に伝えたいと願っている。それこそが記者の本分《ほんぶん》であり、そのためなら多少の犠牲《ぎせい》も厭《いと》うまいとすら思っている。

「……その理想は分かるけどよ」

臼杵《うすき》は癖《くせ》のある髪《かみ》を掻《か》いた。

書生風《しょせいふう》の風貌《ふうぼう》の彼のその所作《しょさ》は、なんだか冴《さ》えない探偵《たんてい》のように見えた。……書生風、という意味では、乱歩も同じような格好《かっこう》であるのだけど。

「命あっての物種《ものだね》、ということもあるんだからな。命を懸《か》けるに値《あたい》する、とも思うのかもしれねえが、俺《おれ》は出来れば、自分の友人には死んで欲しくねえ」

「……そうか。ありがとう」

視線を道端《みちばた》にそらしながら、乱歩は素直に礼《れい》を言った。

心配してくれている、ということなのだろう。

普段《ふだん》は軽口《かるくち》を叩《たた》き合う仲なだけに、こういう会話はむず痒《がゆ》いが……臼杵の気持ちは、乱歩にとってもうれしいものだった。

「出来る限り怪我《けが》はしないよう気を付けるさ。そっちこそ、政治家《か》の汚職《おしよく》を追ってるうちにうっかり虎《とら》の尾《お》を踏んで、北海道《ほつかいどう》辺りの海に沈められることのないようにな」

「おう、もちろんだ」

「……ところで臼杵」

そこで乱歩は、さりげなく周囲を見渡すと――グッと声を潜《ひそ》め、歩みを速めた。

「……どうした」

乱歩の変化に気付いたのだろう、臼杵の声が緊張感《きんちようかん》をまとう。

「少し走るぞ。ついてきてくれ」

「……分かった」

一瞬《いつしゆん》の間を空《あ》け臼杵が頷《うなず》くと同時に、乱歩は小走《こばし》りで駆《か》け出した。

都電《とでん》の駅を通り過ぎ、酒屋《さかや》の壁を曲がったところで――彼は足を止め塀《へい》に背を付ける。

臼杵もそれに続いた。

次の瞬間《しゆんかん》――二人の目の前に一人の人物が飛び出す。

乱歩は素早《すばや》く手を伸ばし――その人物の腕をつかんだ。

「……ッ！」

予想外《よそうがい》の展開だったのだろう。

面食《めんく》らったように目を見開くその人物は――女中姿《じょちゅうすがた》の妙齢《みょうれい》の女性だった。

一度身《み》をよじり拘束《こうそく》を抜けようとするが、不可能《ふ》だと理解すると大人《おとな》しくうなだれている。

「ら、乱歩《らんぽ》……どういうことだ……この女性は……？」

「先ほどからずっと、不自然《ふ》な距離を空《あ》けて後をついてきていたんだよ」

事態《じたい》が読めないらしい臼杵《うすき》に、乱歩は答える。

「その曲がり角《かど》で僕らが見えなくなったことに焦《あせ》り、慌《あわ》てて駆《か》けてきたのだろう。これまで危ない現場《げんば》ばかり担当していたおかげでな、いつも周囲の状況に気を配る癖《くせ》があるんだ」

乱歩は女中を向き、尋《たず》ねる。

「さて、こんなしがない記者二人を尾行《びこう》とは、一体どのようなご用件で？」

「……まずは、無礼《ぶれい》をお詫《わ》びします」

女中は腕をつかまれたまま、小さく頭を下げた。

「少しばかりお話ししたいことがございまして、機会《きかい》を窺《うかが》っておりました」

品のあるその口ぶりに、乱歩も緊張《きんちょう》が解け手を放してやった。

自分たちに危害《きがい》を加えるつもりではないようだ。

女中は乱れた着衣《ちゃくい》を直すと、

「――賜《たま》ヒ野《の》乱歩様《さま》ですね？」

視線を乱歩に向け、そう尋ねた。

「そうですが」

「あなた様に是非《ぜひ》会いたいとおっしゃっている方がおられるのです。お手数《てかず》をおかけして申《もう》し訳《わけ》ありませんが、あちらに車が停めてあります。お乗りいただけませんでしょうか？」

「……僕に会いたがっている方？」

「ええ」

……どういうことだろう。全く身に覚えがない。

ふと頭をよぎったのは、最近耳《みみ》にしたとある情報だった。

――このところ、活《い》キ人形事件《じけん》とは別に、日本《にほん》国内で誘拐《ゆうかい》が多発《たはつ》している。被害者《ひがいしゃ》には、成《せい》人《じん》男性も多く含まれており、いなくなった後に帰ってきたものは一人もいない。

……まさかとは思うが、この女性、その誘拐の犯人《はんにん》なのではなかろうか？

もちろん、可能性は低いと思うが不気味《ぶきみ》だ。素直《すなお》に従う気にはなれない。

しかし乱歩は、女中が続けた少女の名に――その考えを改める。

「わたくしが女中を務める、蓋シ野家《けだしのけ》の息女《そくじょ》――蓋シ野サヱカお嬢様《じょうさま》が、あなた様をお待ちしているのです」

＊

帝都内《ていとない》、小石川区《こいしかわく》。

植物園《えん》のほど近くにある、華族《かぞく》、蓋シ野家《けだしのけ》の洋館《ようかん》。

複数《ふくすう》ある客間《きゃくま》のうちの一つにて、乱歩《らんぽ》は彼女が来るのを待っていた。

部屋にいるのは彼《かれ》一人だけだ。招待《しょうたい》されていない臼杵《うすき》はあの場に残ったし（招《まね》かれていたとしても固辞《こじ》していただろう）、女中《じょちゅう》は先ほどお茶を出すとどこかへ行ってしまった。

目の前のカップに口をつけかけて……止《や》めておいた。相手が相手だ、迂闊《うかつ》なことをする気にはなれない。

注意深《ぶか》く辺りを見渡す。

黒檀《こくたん》で作られた内装《ないそう》、上品《じょうひん》にしつらえられた調度品《ちょうどひん》は、どれも手の込んだ最上級《さいじょうきゅう》の品であるようだ。おそらく、それぞれが乱歩の年収《ねんしゅう》の数倍《すうばい》の価値《かち》があるのだろう。こういう屋敷《やしき》を訪れるのは初めてのことで、乱歩の手にはじっとりと汗《あせ》が滲《にじ》んだ。

――いや、その汗は屋敷に対するものではない。

――これから彼女と対峙《たいじ》することへの高揚《こうよう》、不安、緊張《きんちょう》から滲み出たものだった。

「――お待たせいたしました」

背後で声がした。

鈴《すず》を転がすような、可愛《かわい》らしい少女の声。

呼吸が止まりそうになりながらも乱歩は振り返り――そこに「彼女」がいることを確認《かくにん》する。

「突然お招きして申《もう》し訳《わけ》ありません。どうしても、お話ししたいことがございまして」

言いながら、少女は乱歩の向かいに腰掛け、

「――初めまして、賜《たま》ヒ野《の》乱歩さん。わたくしは、蓋シ野サヱカと申します」

にこりと微笑《ほほえ》み、そう名乗った。

「まあ、初めましてとは言っても、乱歩さんはわたくしのことをご存じでしょうけれど」

黒くつやつやのおかっぱ。幼いながらもどこか冷ややかに整った顔。

十五歳《さい》前後だろうか、細身《ほそみ》の体を「モダンガール」的な装《よそお》いで包み、彼女は静かにこちらを見ている。

そして、その深い漆黒《しっこく》の瞳《ひとみ》が――乱歩の目と合った。

――反射的に、乱歩は身をこわばらせた。

――寒気《さむけ》が全身を走り抜けていく。

彼女の言う通り、乱歩は――少女のことを知っていた。

彼女こそが、今日《きょう》乱歩が取材《しゅざい》をする予定だった当の相手であり――活《い》キ人形と戦闘《せんとう》を繰り広げる「墜落乙女《ついらくおとめ》」本人《ほんにん》だった。

――昨晩《さくばん》のこと。

活《い》キ人形との戦いが終わると、墜落乙女《ついらくおとめ》は宙《ちゅう》に浮かび上がり「あはははは」という笑い声を残してどこかへ飛び去った。

野次馬《やじうま》たちがそれを見上げる中、同じくその様《さま》を確認《かくにん》した乱歩《らんぽ》は――脱兎《だっと》のごとくその場から駆《か》け出す。今にも視界《しかい》から消えそうになる、彼女の影を追って。

――事件の真相《しんそう》を追いたいなら、当事者《とうじしゃ》に話を聴《き》くのが一番だ。

――誰《だれ》もが怯《おび》え、墜落乙女には近づこうとしなかったが、彼女こそが、事実を知るための鍵《かぎ》なのだ。

であれば、まずはその正体《しょうたい》の手掛かりをつかまなくてはならない。例えば――尾行《びこう》という、やや強引《ごういん》な手段を使ってでも。

全身全霊《ぜんしんぜんれい》を懸《か》け、乱歩は墜落乙女に追いすがった。

空中を飛行している彼女を相手に、タクシーを駆使《くし》し、時にその足で全力疾走《しっそう》しながら。

そしてついに、とある路地裏《ろじうら》で、彼は着地《ちゃくち》した墜落乙女が「変身《へんしん》」を解くところを目撃《もくげき》することとなった。

――墜落乙女の姿《すがた》の時も、彼女は顔を隠《かく》している訳《わけ》ではない。

その目鼻立《めはなだ》ちも、髪型《かみがた》も、乱歩はきちんと目に焼き付けていた。

それでも、恐らく何か魔術的《まじゅつてき》な暗示《あんじ》が掛かっていたのだろう。変身《へんしん》が解け暗示が解除《かいじょ》されてようやく——乱歩《らんぽ》は、墜落乙女《ついらくおとめ》の正体《しょうたい》を知ることが出来た。

真紅《しんく》のドレスが光とともに分解《ぶんかい》され、普段《ふだん》の装《よそお》いに戻ったその少女は——かつて取材中《しゅざいちゅう》に一度目にした、華族《かぞく》、蓋《けだ》シ野《の》家の長女、蓋シ野サヱカだった。

もう一度、女中《じょちゅう》が紅茶《こうちゃ》を盆《ぼん》にのせて運んでくる。

テーブルに置かれたそれを一口《ひとくち》飲んでから、

「では、乱歩さん。改めて確認《かくにん》をさせていただきますが」

サヱカは穏《おだ》やかな声で切り出した。

「あなたは昨日《きのう》、わたくしが『魔装《まそう》』を解くところを、ご覧《らん》になられましたわよね？」

「……そうだね」

今更《いまさら》否定する意味もない。サヱカの仕草《しぐさ》をさりげなく観察しつつ、乱歩は素直に肯定《こうてい》した。

「ああ、やはりそうでしたの。わたくしとしたことが、迂闊《うかつ》でしたわ」

サヱカは目を閉じ、残念そうに首を振る。そして、彼女はカップをテーブルに戻し、

「——でしたら、一つお願いがありますの」

膝《ひざ》に手を置きそう切り出した。

「わたくしが墜落乙女であることを、世に公表《こうひょう》しないでいただきたいのですわ」

「……ふむ」

「乱歩さんは、取材のために戦闘後《せんとうご》のわたくしを追っていたのでしょう？　ですから、お仕事をふいにしてしまって申《もう》し訳《わけ》ないのですけれど、記事には書かないでいただきたいんですの。していることがしていることですから、世間《せけん》に知られてしまうと少々……面倒《めんどう》なのですわ」

「なるほどね」

頷《うなず》きつつ、乱歩は少々意外《いがい》に思っていた。

普段の墜落乙女の印象《いんしょう》を考えれば、何か突飛《とっぴ》で無茶《むちゃ》な要求をされるかも知れないと身構《みがま》えていたのだ。それがただ、正体を明かされたくない、というのであればその気持ちは理解《りかい》出来たし……何より今の彼女は、ごく普通の、上品《じょうひん》な華族《かぞく》の息女《そくじょ》にしか見えなかった。

「それは、構わないよ」

乱歩はもう一度、首を縦《たて》に振る。実は乱歩自身《じしん》、言われずとも正体は明かさないつもりだった。

「君が何を目的として戦っているのはか分からないし、報道機関《ほうどうきかん》だからと言って一都民《いちとみん》の情報を安易《あんい》に報じる訳《わけ》にはいかない。報道の力を知っているからなおさらだ。そもそも記事で明かすつもりもなかったさ」

「そうですの？　でしたら助かりますわ」

ほっとした様子《ようす》で、サエカは微笑《ほほえ》んだ。

「記者様《さま》と言えば、得た情報はあれこれ構わず書いてしまうものだと思っておりましたので」

「……そういう記者がいることも否定はしないがね」

苦笑《くしよう》しつつ、乱歩《らんぽ》はここで覚悟《かくご》を決める。

元々《もともと》彼女とは接触《せつしよく》するつもりだったのだ。せっかくこうして会見《かいけん》出来たのだから——本来話《はな》したかったことを話してみるべきだ。

幸いなことに、自分は向こうの要望《ようぼう》を飲んだばかりだ。まだ安心し切る訳《わけ》にはいかないが、道理《どうり》を弁《わきま》えた会話も出来るようだし——「交渉《こうしよう》」を持ち掛ける余地《よち》はあるはず。

「……だから、正体《しようたい》は明かさない分、こちらからも提案《ていあん》があるんだが……」

「……提案？」

サヱカは幼い仕草《しぐさ》で首を傾《かし》げる。

「どういうことですの？」

そんな彼女に、乱歩は息を吸い込むと、

「君の戦いを——取材《しゆざい》させてほしい」

はっきりと、宣言《せんげん》するように言った。

「全てを知り、きちんと君の目的や意図《いと》を知った上で、事件の真相《しんそう》を都民《とみん》に伝えたいんだ」

……サヱカは黙《だま》って乱歩を見ている。どうやら事情が上手《うま》くつかめていないようだ。

「もちろん、真相を都民に伝えると言っても、正体を明かす訳《わけ》ではないよ」

乱歩は説明を続けた。

「伝えるのは、あくまで『事情』だ。今、帝都民《ていとみん》は君が戦う理由や活《い》キ人形の正体を知らないんだ。そのせいで恐怖《きょうふ》が伝播《でんぱ》し、憶測《おくそく》が憶測を呼ぶ状態になっている。憶測の中には、事実無根《むこん》のものだってあるだろう。僕はそれを、なんとかしたい。君だって根も葉もない悪評《あくひょう》よりは事実が伝わる方がいいだろう？　誤解《ごかい》が解ければ行動しやすくなる部分もあるかもしれない。この提案は、双方《そうほう》に利があるんだ。だから――」

乱歩はまっすぐ、サヱカの目を見た。

「――取材をさせてはくれないか」

サヱカはしばし乱歩を見つめ、考えるように唇《くちびる》に指を当てると、

「……お断りしたら、どうなりますの？」

重ねてそう尋《たず》ねた。

「残念だが……君の正体を隠《かく》し続ける、という保証《ほしょう》はなくなるね」

……これはハッタリだった。

仮に断られたとしても、乱歩は彼女の正体を明かすつもりはなかった。記者として、安易《あんい》に情報を流すつもりはない、というのは本心《ほんしん》だ。

それでも、提示《ていじ》した条件には、墜落乙女《ついらくおとめ》にとっても十分な利点《りてん》があったはず。交渉は成立するだろうし、これがハッタリであることもばれることもないだろう。

――しかし、数秒の間《ま》があってから、

「……はぁ」

サヱカは短く溜息《ためいき》をついた。

「やはり説明が足らなかったようですわね……もう少し、親切にお話しすべきでした」

……説明が足らなかった？

どういうことだろう。自分は何か、勘違《かんちが》いをしているのだろうか？

乱歩《らんぽ》がここまでのやり取りを思い返そうとした――次の瞬間《しゅんかん》だった。

彼の体はふわりと宙《ちゅう》に浮かび――椅子《いす》をなぎ倒しながら背後の壁に叩《たた》きつけられた。

「――ぐアッ⁉」

――鋭い痛みが全身に走る。

のどが絞《し》まっている――呼吸が出来ない。

見えない力によって――壁に磔《はりつけ》にされている。

気付けば、サヱカの頭の後ろには、魔法陣《まほうじん》がうっすらと浮かび上がっていた。

「ま……魔術《まじゅつ》……か……」

間違いない……これは墜落乙女《ついらくおとめ》の魔術だ。

蓋《けだ》シ野《の》サヱカが――自分に攻撃《こうげき》を仕掛けている。

活《い》キ人形を殺すときと、同じようにして――

「立場を弁《わきま》えてくださいな」

呆《あき》れたような笑《え》みで、諭《さと》すような声でサヱカは言った。

「そもそも、わたくしたちは対等《たいとう》でもなんでもありませんわ。こうやって、手軽《てがる》に消してしまうことが出来るのですし。先ほどのお願いも、いいえ、あれはお願いではありません。宣告《せんこく》です。正体をばらせば、あなたを殺す、という」

……油断《ゆだん》をしていた。

気道《きどう》を絞め付けられながら、乱歩は悔《く》やむ。

警戒《けいかい》を解いた訳《わけ》ではなかった。「悪人《あくにん》」の呼び名をほしいままにする女に交渉を持ち掛けるのだ、どこかで反撃《はんげき》に出られる可能性《せい》も考えていた。

それでも――この状況には予想が甘かったことを痛感《つうかん》せざるを得ない。

いったん殺害《さつがい》をほのめかされてしまえば――駆《か》け引きも交渉ももはや無意味だ。

「……本気《ほんき》か？」

かすれた声で、乱歩は尋《たず》ねた。

「君は本当に、僕を殺すつもりなのか……？」

「あら、意外《いがい》かしら？」

サヱカは椅子《いす》に腰かけたまま、絵画《かいが》でも眺《なが》めるように乱歩を見ている。

「乱歩さんも、わたくしが世間《せけん》でどう噂《うわさ》されているかはご存知《ぞんじ》でしょう？『悪人』という認《にん》識《しき》は、非常に適切ですわ」

「こんなことが許されると思うのか？」

「……許される？」

驚いたように訊《き》き返すと――サヱカは声を立てて笑い始めた。子供が笑っているかのような、心底《しんそこ》楽しげな声で。

「あはははははは」

「……何が可笑《おか》しい」

「誰《だれ》がわたくしを許してくださるのかしら？」

椅子《いす》から立ち上がり、サヱカはこちらに歩いてくる。

「あなた？　法律？　世間様《せけんさま》？　それとも、神様《かみさま》ですの？　許されなければ、わたくしにはどんな罰《ばつ》が下るのかしら？」

そして――サヱカは乱歩《らんぽ》の顔を覗《のぞ》き込んだ。

「――本当に、恐ろしいことですわ」

……その邪悪《じゃあく》な笑《え》みに。

一見屈託《いっけんくったく》のない――その実、致死量《ちしりょう》に近い悪意《あくい》を含んだ笑みに、乱歩は確信《かくしん》する。

この女は――やはり悪人《あくにん》だ。

一見育ちのいい少女に見えるその内面には――正義感《せいぎかん》などとは程遠《ほどとお》い気持ちで行動《こうどう》する、本《ほん》物《もの》の悪人が潜《ひそ》んでいるのだ。

ただ、同時に強い違和感《いわかん》も覚えた。

なぜ悪人が活《い》キ人形と戦うのだろう。

表面的にであれ帝都民《ていとみん》を救うような行動に出たのだろう。

きっとそこには事情があるはずだ。自分にはまだ、及びもつかないような事情が。

……半《なか》ば反射的に、乱歩の胸にある欲求《よっきゅう》が芽生《めば》えた。

「さて、改めて伺《うかが》いますわ」

面白くて仕方がない、と言った声色《こわいろ》で、サヱカが尋《たず》ねる。

「記者様《さま》は――乱歩さんは、それでも取材《しゅざい》を希望されますの？」

「……知りたい」

――乱歩は、欲求を口にした。

何とか口を開き、絞《し》められた気道《きどう》から息を絞《しぼ》り出して。

「それでも僕は……いや、なら一層《いっそう》僕は、君を取材したい……。全てを知り、その上で……君のやっていることの意味を、理解したい……」

――サヱカは、わずかに目を見開いた。

乱歩の言葉が、本心《ほんしん》から意外《いがい》だったのかもしれない。

乱歩の磔《はりつけ》を解くと、彼女は椅子に戻り何か考え始める。

突如《とつじょ》支えを失った乱歩《らんぽ》は、絨毯《じゆうたん》の敷《し》かれた床に転がり何度も咳《せ》き込んだ。

「……いいでしょう」

乱歩の咳《せき》がようやく止《や》んだところで、サヱカはそう言った。

それまでとはどこか違う、困惑《こんわく》を含む声色《こわいろ》で。

「あなたに、取材《しゆざい》を許可《きよか》します」

……突然《とつぜん》の台詞《せりふ》に、乱歩はその意味を飲み込めない。

取材を、許可する？

自分たちは対等《たいとう》でないと、いつでも殺すことが出来ると宣言《せんげん》しておきながら？

「……本当に？」

「ええ、本当ですわ。今回は、言葉の通り捉《とら》えていただいて結構《けつこう》です。乱歩さんに、わたくしを取材することを許しますわ」

「どうしてそんな、急に」

「……不思議《ふしぎ》ですわね」

眉間《みけん》にしわを寄せ、自分でも理解《りかい》出来ない様子《ようす》でサヱカは俯《うつむ》いた。

「何故《なぜ》だか、そんな気分なのです。まあ、気まぐれと言ったところでしょう。女心《おんなごころ》は往々《おうおう》にして、本人《ほんにん》にも理解し切れないものなのですわ」

そんなもの、なのだろうか。

本人《ほんにん》にも理解出来ないのであれば、彼女のどのような深層心理《しんそうしんり》が、取材を許可しようという結論《けつろん》を導き出したのであろう。

とはいえ、せっかくつかんだ好機《こうき》だ。乱歩としても、みすみす逃《のが》すつもりはない。

「分かった……よろしくお願いする」

「ええ……ただ、先ほど言ったことは、約束していただきたいのです」

顔を上げ、サヱカは乱歩の顔を見た。

「わたくしと活《い》キ人形の戦いの、全てを最後まで見届《みとど》けることを。そしてそれまでは、戦闘《せんとう》の内容のみを報道《ほうどう》することを」

「それは、もちろんさ」

「ありがとうございます、では……これにて、契約締結《けいやくていけつ》ですわね」

そう言うとサヱカは椅子から立ち、不穏《ふおん》な笑《え》みを浮かべた。

「せいぜい。戦いが終わる前に死なないよう気を付けてくださいな」

その表情が——なぜか不覚《ふかく》にも美しく見えて。

初めて相手が女性であることを実感《じっかん》してしまって。

「……そうさせてもらうよ」

動揺《どうよう》しながら、乱歩は頷《うなず》いた。

——その時だった。

「——サエカ！」

サエカの背後から小さな影が飛び出し——甲高《かんだか》い声を上げながら部屋中《じゅう》を飛び回った。

「活《い》キ人形が出たみたい！　御茶《おちゃ》ノ水《みず》に大型《おおがた》が一体《いったい》と小型《こがた》が十一体！」

「あら、かすてらさん」

サエカはそう言い、右手の指を水平に伸ばす。

小さな黒い影は——その白い指にさかさまにぶら下がり、

「人々が襲《おそ》われてる！　すぐに駆《か》けつけよう！」

キィキィ泣きながら、そう続けた。

——蝙蝠《こうもり》だった。

蝙蝠がサエカの指に止まり、自分たちの方を見ている。

「な、なんだそれは」

「この方は、かすてらさんと言いますの。数ヶ月前《まえ》にわたくしの元に現れ、魔術《まじゅつ》を使えるようにしてくださったのよ」

「……なんて非《ひ》科学的な。……いや、墜落乙女《ついらくおとめ》を前にして、今更《いまさら》非科学的も何もないか」

「さて、ちょうど活キ人形も出現したとのことですし」

サエカはソファから立ち上がった。

「まずは一度、戦いをご覧《らん》に入れましょう」

＊

到着《とうちゃく》した御茶ノ水では、人形座《ざ》による惨劇《さんげき》が既《すで》に幕《まく》を開けていた。

悲鳴《ひめい》を上げ逃げ惑《まど》う人々。何台かの馬車《ばしゃ》が、全力疾走《ぜんりょくしっそう》で通りを駆け抜けていく。

彼らが元いた方向には——応戦《おうせん》したのであろう警官《けいかん》の亡骸《なきがら》が血溜《ちだ》まりに浮かんでいた。

「——ウォアアアアアアアアア！」

惨状《さんじょう》の中心では、大型活キ人形が唸《うな》り声を上げ警官隊《たい》と交戦《こうせん》していた。

背丈《せたけ》は大人《おとな》の倍《ばい》ほど。顔は中年《ちゅうねん》の男性風《ふう》。

口元《くちもと》の歪《ゆが》みと細められた目が、悲しげな表情を演出《えんしゅつ》している。

農民風《のうみんふう》の服装《ふくそう》であるのは、機動性《きどうせい》を重視《じゅうし》した結果であるかもしれない。重そうなその体を勢い任せに振り回し、活キ人形は警官隊を圧倒《あっとう》していた。

さらに、その足元《あしもと》では赤子程度《あかごていど》の大きさの活キ人形たちが、菓子《かし》に群がる蟻《あり》のように警官に襲《おそ》い掛かっている。彼らが逃げる者の動きを鈍らせ、大型活キ人形がとどめを刺《さ》す、という分《ぶん》担《たん》であるようだ。

——そんな風に状況判断《はんだん》している間に、一人の警官が小型活キ人形に足止《あしど》めされる。

「——うわあああ！　やめろ！　放せ！　放してくれ！　ああああああ！」

全身にまとわりつく活《い》キ人形。警官《けいかん》は真《ま》っ青《さお》になって悲鳴《ひめい》を上げる。

そして、彼の頭は——大型《おおがた》活キ人形の腕の一振《ひとふ》りによって無残《むざん》に吹き飛ばされた。

「——またやられた！　急がなくては！」

現場《げんば》近く。人通りのない路地裏《ろじうら》で、蓋シ野家《けだのけ》の自動車を飛び降りた乱歩《らんぽ》は車内のサヱカを急《せ》き立てた。

「このままじゃ犠牲《ぎせい》が出続《でつづ》ける！　早く何とかしないと！」

しかし、サヱカはあくまでゆるりと車を降りると——

「少しは落ち着いてくださいな」

——呆《あき》れたように溜息《ためいき》をついた。

「慌《あわ》てたところでどうなる訳《わけ》でもありませんわ」

「落ち着いている場合ではないだろう！　人の命が懸《か》かって——」

「——ところで乱歩さん」

乱歩の方を見ると、サヱカはうっすらと微笑《ほほえ》んだ。

「わたくし、実は『墜落乙女《ついらくおとめ》』という呼び名を結構《けっこう》気に入っていますの。『墜《お》ちるように戦う』という意味でそうつけていただいたようですが、それが非常に、正しい指摘《してき》なのですわ。わたくしの使う魔術《まじゅつ》は『重力操作《じゅうりょくそうさ》』。ものを引きつける力を自在《じざい》に発生《はっせい》させられるのです。発生点《てん》やその強さ、方向などを意のままにして。ですから——」

瞬間《しゅんかん》――サヱカの体が光に包まれる。

ブラウスが、スカートが、目深《まぶか》にかぶっていた帽子《ぼうし》が一瞬《いっしゅん》で分解《ぶんかい》され、真《ま》っ赤《か》なドレスに作り替えられる。

頭の後ろには魔《ま》法陣《ほうじん》が浮かび回転を始めた。

そして、彼女は音もなく宙《ちゅう》に浮かぶと――

「――このように、あちらに『墜ちて』行くことが出来るのですわ」

――凄《すさ》まじい速度で、活キ人形に向かって「落下《らっか》」し始めた。

それはさながら――「真紅《しんく》の矢」だった。

極度《きょくど》の重力によって加速《かそく》され、同時に体内《たいない》から体外《たいがい》に向けた重力で補強《ほきょう》されたそれは、大型活キ人形の振り上げた右肘《ひじ》に「着地《ちゃくち》」すると――

「……グァッッ⁉」

――関節部分《かんせつぶぶん》を貫通《かんつう》し、肘から先をつま先《さき》で蹴《け》りちぎった。

「――ウォアアアアアアアア！」

鮮血《せんけつ》がほとばしった。

切断面《せつだんめん》から、銀色《ぎんいろ》の金属《きんぞく》が覗《のぞ》く。

凄《すさ》まじい咆哮《ほうこう》に乱歩は思わず耳をふさぐが、サヱカは動《どう》じることなく空中で身を翻《ひるがえ》し、悶《もだ》える活キ人形の頭の上に舞い降りた。

そして、日傘《ひがさ》を周囲の警官隊《けいかんたい》の最前線《さいぜんせん》へ向け――コンパスのようにくるりと体を一回転。警官隊に取り付いていた小型活《こがた》キ人形たちを――全て地面へ落下《らっか》させた。

「キシャアア！」

「ギャアアアア！」

断末魔《だんまつま》とともに、彼らは順番《じゅんばん》に砂地《すなち》の地面に押しつぶされていった。

――この間、数秒。

落下を始めてからたった数秒で――サエカは大型《おおがた》活キ人形の右腕《うで》を奪《うば》い去り、小型を全て絶《ぜっ》命《めい》せしめた。

戦闘《せんとう》――というよりは、踊っているようにも見える華麗《かれい》な動きに、乱歩《らんぽ》は夢を見ているような気分になる。

「現レタカ、墜落乙女《ついらくおとめ》……」

もう一度《いちど》宙《ちゅう》を舞い、自らの目の前に降り立ったサエカに、活キ人形は低く唸《うな》った。

「今回ハ、無事《ぶじ》デ帰ラセハセンゾ……」

「まあ、腕を失ったというのに凛々《りり》しいこと」

サエカは口元《くちもと》に手を当てる。その顔に、冷たい笑《え》みを浮かべて。

「それにあなた方、わたくしのことをご存知《ぞんじ》ですのね……きちんとご挨拶《あいさつ》もしておりませんのに、光栄《こうえい》なことですわ――」

サヱカは宙に浮かび上がる。

そして彼女は――

「このような出会い方でなければ、お茶《ちゃ》の一杯《いっぱい》でもご馳走《ちそう》して差し上げたかったのですけれど」

――再び活キ人形に向かって落下し始めた。

「同ジ手ヲ食ウカ！」

活キ人形は体をよじった。

サヱカの落下をかわし、そのまま反撃《はんげき》に移るつもりらしい。

しかし――

「ッグ⁉」

――左手だけが元いた空間に固定されている。

サヱカの魔術《まじゅつ》で、そこに磔《はりつけ》にされているのだ。

「糞《くそ》ォッ！」

活キ人形は声を上げるが、サヱカは音もなく左腕《うで》に着地《ちゃくち》すると――今度は肩ごと腕を切断《せつだん》した。

「――アグアアアアア！」

――大量の血液《けつえき》が噴出《ふんしゅつ》する。

耳をつんざく怒声《どせい》に、警官隊も顔をしかめる。

両手を失った活《い》キ人形は均衡《きんこう》を失い倒れかけるが、なんとかその場に踏みとどまった。

そして、再びサヱカの方を向くと——

「コウナッタラ……コウナッタラ！」

——凄《すさ》まじい速度で駆《か》け出した。

その足取りは大いに乱れている。活キ人形が追いつめられているのは明白《めいはく》だ。

「ずいぶんと必死《ひっし》ですのね」

着地《ちゃくち》すると、サヱカは酷薄《こくはく》な笑《え》みを浮かべた。

「どうせ死んでしまうのですから、せめて苦しまないようあっさり殺されてくれればいいのに」

彼女は活キ人形の足に日傘《ひがさ》を向け、右足をはるか後方に吹き飛ばし、左足を滅茶苦茶《めちゃくちゃ》に折り尽くした。

両足を失い、活キ人形は駆《か》けていた勢いのままうつぶせに地面に倒れ込む。

凄《すさ》まじい轟音《ごうおん》とともに地面が揺れ、黄色《きいろ》い土埃《つちぼこり》が周囲に舞い上がった。

さらに、うめき声を上げつつ首の力でのたうち回ろうとする活キ人形を、

「ちょっと、落ち着いてくださるかしら」

サヱカは魔法《まほう》で仰向《あおむ》けにひっくり返し、押さえつけた。

「……何ヲスルツモリダ！」

その問いには答えず、サヱカはふわりと宙《ちゅう》に浮かぶ。

そして──ゆっくりとした動きで移動すると、活《い》キ人形の胸に着地《ちゃくち》した。

「……貴様《きさま》！」

せめて一矢報《いっしむく》いたいのか、口を開け閉めしてなんとかサヱカに嚙《か》みつこうとする活キ人形。しかしそれすらも──サヱカは日傘《ひがさ》を向け、魔術《まじゅつ》で封じ込めた。

「……ねえあなた、おやめになって」

慈《いつく》しむような声を上げるサヱカ。

「これ以上は無駄《むだ》ですわ。苦しむだけですもの」

「止《や》メルモノカ！」

発声に口の動きは必要ないらしい、活キ人形は殺意《さつい》の消えない声で応《こた》えた。

「ソレシカ、俺《おれ》ニハ残サレテイナイノダ！」

「……残されていない？　どういうことですの？」

「貴様ニハ関係ノナイコトダ！」

「……それもそうですわね」

言いながら、日傘で活キ人形の体をつつくサヱカ。かつかつ、という乾《かわ》いた音が、木製《もくせい》のその表面に短く響《ひび》いた。

「……ねえ、ところであなた、不思議《ふしぎ》なのですけれど」

サヱカはしゃがみ、活キ人形の目を覗《のぞ》き込んだ。

「わたくしが攻撃《こうげき》するたびに、ずいぶんと苦しそうにしてらっしゃったわよね……活キ人形もやはり痛みを感じるのかしら？」

その問いに——周囲がざわめく。

それまで必死《ひっし》に戦闘《せんとう》を見守り、手帳《てちょう》に記録を残していた乱歩《らんぽ》も、意図《いと》が分からずサヱカの顔を凝視《ぎょうし》した。

「体は桐《きり》で出来ていて、その中は得体《えたい》のしれない金属製《きんぞくせい》なのでしょう？　それを傷つけられることにも——あなたたちは、痛みを感じてらっしゃるの？」

「知ッタコトカ！」

「教えてくださらないのね……。残念だけれど仕方ありませんわ。ではそろそろ終わりにいたしましょうか」

言って——サヱカはその顔に笑《え》みを浮かべる、

——この世の悪意《あくい》を凝縮《ぎょうしゅく》したような、暗い笑みを。

彼女は身をかがめ、活キ人形に何か耳打《みみう》ちすると、立ち上がりもう一度微笑《ほほえ》んだ。

「それでは、然様《さよう》なら——可哀想《かわいそう》な活キ人形さん」

日傘を活キ人形に向けるサヱカ。

次の瞬間《しゅんかん》——活キ人形は「ギャッ」っと断末魔《だんまつま》を上げ体をびくりと震わせると、大量の血《けつ》液《えき》を周囲にほとばしらせ……絶命《ぜつめい》した。

活《い》キ人形の上から降りると、サヱカは頬《ほお》についた返り血をぬぐい——不愉快《ふゆかい》そうに顔をしかめた。

見回すと、野次馬《やじうま》や警官《けいかん》たちは——助けられたというよりも、凄惨《せいさん》な事故現場《げんば》に出くわしたような表情で、サヱカたちの方を見ていた。

——圧倒的《あっとうてき》、だった。

サヱカの戦いは、強さも、速さも——残酷《ざんこく》さも。

そしてその様《さま》は——どう見ても、悪人《あくにん》が弱者《じゃくしゃ》をいたぶる光景《こうけい》そのものだった。

乱歩《らんぽ》の胸に、これまで何度も繰り返してきた疑問が反芻《はんすう》される。

墜落乙女《ついらくおとめ》は、何者なんだ？

なぜあのように戦う？

そして人形座《ざ》も、返り討《う》ちに遭《あ》う可能性があってなぜ襲撃《しゅうげき》をやめない……？

今回の戦いを経て、乱歩の胸の中でそれらの疑問はより鮮明《せんめい》なものになっていた。

きっと自分はまだ……事件の真相《しんそう》の入り口に、足を踏み入れ始めたに過ぎない……。

とはいえ——

「……ふう」

——深く息を吐き出し、乱歩は一旦《いったん》疑問を保留《ほりゅう》にする。

……ともあれ、戦闘《せんとう》は終了したのだ。

色々あった一日だが、これで一段落《いちだんらく》。まずは一度《いちど》社に戻り、考えごとはそれからにしよう。

思えば臼杵《うすき》とは往来《おうらい》で別れてそのままだ。心配しているかもしれない……。

そうと決まれば早い方がいい。

手帳《てちょう》を懐《ふところ》にしまい、乱歩が自動車の待っている路地裏《ろじうら》に戻ろうとした――その時だった。

「――キャアア！」

――もう一度、観衆《かんしゅう》から悲鳴《ひめい》が上がる。

現場に背を向けていた乱歩は慌《あわ》てて振り返り――それを見た。

激しく回転する黒い塊《かたまり》が――血をぬぐっていたサヱカめがけて、上空から突撃《とつげき》してくる。

彼女は大きく後退《こうたい》し、紙一重《かみひとえ》でそれをかわしたが――サヱカのいた場所には、地面に大きな穴が穿《うが》たれていた。

そして、その穴の中心には――全身に黒いローブをまとった何者かが立っている。

――背丈《せたけ》は一般《いっぱん》的な成人《せいじん》男性ほど。

顔は布地《ぬのじ》の奥に隠《かく》れ、どのような外見《がいけん》なのかうかがい知ることが出来ない。

――活キ人形か？

――この場の活キ人形は全てサヱカが倒し切ったはずだったが、どこかに隠れていた？

――いや、他の活キ人形に比べて動きが機敏《きびん》すぎる……。同じものだとは到底《とうてい》思えない。

一旦退《ひ》き距離を取ったサヱカも、怪訝《けげん》な表情でローブの男の様子《ようす》をうかがっていた。

──その時。

乱歩《らんぽ》の脳裏《のうり》にある可能性《せい》が浮かぶ。

思い出すのは、昼過ぎに東条《とうじょう》に見せられた──犯行声明《はんこうせいめい》だ。

「……気を付けろ！」

気付けば乱歩は、サエカに向かってそう叫んでいた。

「そいつは恐らく──『人形座座長《ざざちょう》』だ！」

──犯行声明には「次回から、座長も戦闘《せんとう》に参加する」と書かれていた。

先ほどの戦闘に普通の活《い》キ人形しか参加していなかったことを考えれば──間違いない。今サエカが対峙《たいじ》しているローブの男こそが──人形座座長なのだ。

乱歩の声に、サエカは「まあ」と声を漏《も》らすと、目を眇《すが》めて男の姿《すがた》をじっと眺《なが》める。

「本当に、『人形座座長』様《さま》ですの……？」

しかし……男はサエカの問いに答えることなく──再び彼女に襲《おそ》い掛かった。

先ほどと同じく──竜巻《たつまき》のように凄《すさ》まじい速度でその身を回転させながら。

「……ずいぶんとせっかちですのね」

今度もサエカはそれをギリギリのところでかわす。

「そう焦《あせ》っていては、器《うつわ》が小さいと思われてしまいますわよ？」

そのまま彼女と座長は──視認《しにん》するのも危ういほどの速度で、戦闘を開始した。

日傘《ひがさ》で動きを封じようとするサヱカに、それをかわして相手に肉薄《にくはく》する座長。しばらく応酬《おうしゅう》が続くが——乱歩は、はっきりと認識《にんしき》した。

——サヱカが押されている。

優劣《ゆうれつ》は、そこまで明らかではない。

しかし、サヱカの攻撃《こうげき》が大きく座長から外《はず》れるのに対し——座長の攻撃は、少しずつ精度《せいど》を上げサヱカに迫りつつあった。

野次馬《やじうま》からも、困惑《こんわく》のどよめきが上がり始める。

そしてついに——繰り出された座長の飛び蹴《げ》りが、サヱカを射程《しゃてい》内に捉《とら》えた。

鋭い一閃《いっせん》が繰り出され——何かを切り裂《さ》くような甲高《かんだか》い音が辺りに響《ひび》く。

今度こそやられたか——。

乱歩は手に汗《あせ》握ったが……サヱカは一旦《いったん》その場から後退《こうたい》し、座長から十分距離《きょり》を取り態勢《たいせい》を立て直した。

……どうやら、致命傷《ちめいしょう》を負った訳《わけ》ではないらしい。

しかし——真紅《しんく》のスカートが腰の辺りまでざっくり裂《さ》け、白く艶《なま》めかしい脚《あし》が露《あら》わになっていた。

「……まあ」

それに気付いたサヱカは、忌々《いまいま》しげに眉間《みけん》にしわをよせた。

「淑女《しゆくじよ》の着物《きもの》を切り裂《さ》くとは――ちょっとばかり、無粋《ぶすい》に過ぎません？」

「……」

座長《ざちよう》は無言《むごん》のまま、サヱカとの距離を測《はか》っている。

「……あくまでそうやって、わたくしを無視《むし》するのですね。ええ、ええ、よく分かりました。なら――」

――サヱカの顔色《かおいろ》が変わる。

「わたくしが――あなたに確実に、地獄《じごく》を見せて差し上げますわ」

ドレスを破られたことに、内心激昂《ないしんげつこう》しているらしい。

彼女の頭の後ろにある魔法陣《まほうじん》が、これまでにない速度で回転を始めた。

しかし、彼女が手に持った日傘《ひがさ》を再び座長に向けようとした、その時――座長は突然サヱカから視線を外し、自分の体を確認《かくにん》し始める。

そして、どこか悔《くや》しげに見える動きで空を仰《あお》ぐと――彼は登場した時同様《どうよう》、竜巻《たつまき》のように回転しながらその場から去って行った。

「……」

その意味不明《ふめい》な行動に、周囲に沈黙《ちんもく》が舞い降りる。

――逃げ出した？

戦闘《せんとう》はあちらに有利な展開だったのに、座長はこの場から離脱《りだつ》したのか……？

その感想は、周囲の野次馬《やじうま》も同じだったらしい。彼らは呆然《ぼうぜん》とした様子《ようす》で、座長の去った空を見上げていた。

そしてサヱカは――

「ここまで戦っておいて、逃げ出すとは……本当に忌々《いまいま》しい」

その顔に怒りの色を浮かべ、ドレスの裂け目に視線をやっていた。

＊

「あれが座長ということで、間違いなさそうですわね」

蓋シ野家《けだしのけ》の自動車内《ない》で。

戦闘を終え帰宅《きたく》する途中《とちゅう》、サヱカは天井《てんじょう》にぶら下がるかすてらにそう言った。

「そうだね……乱歩《らんぽ》君の言う犯行声明《はんこうせいめい》にも書かれていたなら、間違いないと思うな。でも、あそこまで機動力《きどうりょく》があるのに私の魔力《まりょく》センサーにかからないなんて……よっぽど高度な魔術《まじゅつ》を使用しているんだと思う」

「なるほど」

車窓《しゃそう》に肘《ひじ》をつき、サヱカは不機嫌《ふきげん》そうな顔色《かおいろ》で吐き出すように言った。

「つまりあいつが、その魔術で活《い》キ人形を使役《しえき》し、帝都《ていと》民《みん》を襲《おそ》っている、ということですのね」

「……そうだろうね」

「全く忌々《いまいま》しいことですわ」

……ドレスを裂《さ》かれたことを今も根に持っているのか。

既《すで》に服装《ふくそう》は普段着《ふだんぎ》に戻っているし、ドレスも再度生成時《さいどせいせいじ》には元に戻るとのことだったが……サエカの表情には、未《いま》だにあからさまな怒りの色が宿っている。

そしてその隣《となり》で、乱歩《らんぽ》は今日《きょう》の出来事《できごと》を反芻《はんすう》し、物思《ものおも》いに耽《ふけ》っていた。

初めて目《ま》の当たりにしたサヱカの戦闘《せんとう》は――予想《よそう》以上に凄惨《せいさん》なものだった。

たくさんの警官《けいかん》、帝都民《ていとみん》が死んだ。活キ人形自身《いじしん》も血溜《ちだ》まりに沈んだ。無傷《むきず》で済んだ野次馬《やじうま》にも心に深い傷を負った者がいたかも知れない。そして戦いに勝利したサヱカすら、不機嫌《ふきげん》な表情で帰路《きろ》についている。

本当に、誰一人《だれひとり》として幸せにならない戦闘だった。

誰にとっても利のない、不毛《ふもう》な戦いであるとしか思えなかった。

「……訊《き》きたいんだが」

そんな台詞《せりふ》が乱歩の口をついたのは、ほとんど無意識《むいしき》のことだった。

「なんですの？」

刺々《とげとげ》しい口調《くちょう》で返すサヱカ。

それに怖《お》じることなく、

「君たちは……何故《なぜ》戦っているんだ？」

乱歩は端的《たんてき》に尋《たず》ねる。

「この戦いは、何なんだ？　人形座《ざ》とは、何者なんだ？」

「まあ」

驚いた様子《ようす》で、サヱカは口元《くちもと》に手を当てる。

「取材《しゅざい》初日にあっさりそんなことを訊くなんて、せっかちな記者様《さま》ですわね。それに、最後まで見届《みとど》けて判断《はんだん》するという約束でしょう？」

「もちろん、判断は最後にするさ。それでも、一度《いちど》二人から聴《き》いてみたいんだ。この戦いの『意味』を」

「そうですの……」

サヱカはしばらく考えると、

「まあ、構いませんわ。可能なところまで、説明して差し上げます」

視線を車窓《しゃそう》の外に戻した。

「すみません、かすてらさん。どこまで話していいものか分からないので、事情の説明をお願い出来ますか？」

「いいよ！」

天井《てんじょう》で車の動きに体を揺さぶられながら、かすてらは説明を始める。

「私からも、全部を教えることは出来ないんだけど……きっと人形座《ざ》座長《ざちょう》は、サヱカと同じ形で魔術《まじゅつ》を習得《しゅうとく》した人間だと思うんだ。そして彼は、何かしらの目的を持って活《い》キ人形に魂《たましい》を宿らせ、帝都民《ていとみん》を襲《おそ》わせている。それを止めるために、私はサヱカに協力をお願いした、という流れだね」

「……ふむ」

手帳《てちょう》にメモを取り、乱歩《らんぽ》は顎《あご》を撫《な》でる。

「先ほど、サヱカ君の魔術はかすてら君が使えるようにしたと聞いたのだけど」

「うん、そうだよ」

「ということは——座長に魔術を使えるようにしたのも、かすてら君なのか？　あるいは、かすてら君の仲間なのか？」

かすてらは、しばし逡巡《しゅんじゅん》するように黙《だま》ってから、

「……後者《こうしゃ》だね」

短くそう答えた。

「私は座長が誰《だれ》なのか、本当に知らないよ」

「では……かすてら君とその仲間は、どこから来たんだ？」

「……この世界から、とても離れたところにある世界、かな……」

「具体的に、どういう世界だい？」

「……えっと、それは……」

「魔術を使えるようにする、ということは魔界《まかい》だろうか？　あるいは、他の天体《てんたい》から来た、だとか？」

「……ええっと……」

口ごもるかすてら。やはりあまり多くの情報は公開《こうかい》出来ないようだ。

「乱歩さん、質問はそこまでですわ」

さすがに見かねたのか、サヱカが話を遮《さえぎ》った。

「それ以上かすてらさんを困らせるなら、殺しますわよ？」

……身の危険を感じて、乱歩は一旦《いったん》言葉を飲み込んだ。

しかし、気持ちを立て直すと、

「では……今度はサヱカ君に質問していいだろうか？」

もう一度《いちど》乱歩は、手帳にペンをあてがう。

「わたくしにも訊《き》きますの？」

うんざりした様子《ようす》で、サヱカは乱歩を見た。

「ああ」

「はあ……記者様《さま》なんかと協力を約束したのは、失敗だったかも知れませんわね……」

溜息《ためいき》をつくサヱカ。しかし乱歩はその台詞《せりふ》を承認《しょうにん》と判断《はんだん》し、

「どうしてサヱカ君は……かすてら君の協力要請《ようせい》に応《こた》えたんだい？」

サヱカにそう尋《たず》ねた。

「どうして君は、人形座《ざ》と戦うことにした？」

——目下《もっか》、乱歩《らんぽ》が一番気《き》になるのはそこだった。

もしも自分が、同じようにかすてらに助けを求められれば、間違いなくそれに応じただろう。

罪《つみ》もない帝都民《ていとみん》が襲《おそ》われるなんて、絶対に許せない。

しかし、目の前の悪人《あくにん》がそういう理由で戦いを繰り広げるとは、到底《とうてい》思えなかった。

「……そうですわね」

サヱカは頬《ほお》に手を当てる。

「気に食わないから、ですわ」

「……気に食わない？」

「ええ。活キ人形なんて得体《えたい》の知れないものが、この帝都で好き勝手《かって》やっているのですよ？ なんだか無性《むしょう》に、気に食《い》わないではありませんか。ですからわたくしは、彼らをひたすら殲滅《せんめつ》したいのです」

……その回答《かいとう》に、すとんと腑《ふ》に落ちたような感覚を覚える。

そんな理由で戦っているのであれば、殺し方が残虐《ざんぎゃく》になるのも当然だ。結局《けっきょく》彼女は、自分の「快楽《かいらく》」のために活キ人形を駆逐《くちく》しているのだから。

帝都民を救うような形になっているのは、たまたま利害《りがい》が一致《いっち》したから、ということだろう。

そして、その考えを証明《しょうめい》するかのように、

「それから、人形座座長《ざちょう》が何をもくろんでいるのかも、知りたいところですわ」

サエカは最後にそう付け加えた。

「内容によっては、わたくしも、そちらの側に回るかもしれませんわね」

「……なるほどね」

髪《かみ》を掻《か》き手帳《てちょう》をしまうと、乱歩は自動車の座席《ざせき》に体重を預けた。

「よく分かったよ」

……確かに、説明の通りであるならばサエカの行動には納得《なっとく》がいく。

理屈《りくつ》が破たんしている個所だって見当たらない。

しかし――何故《なぜ》だろう。

乱歩はそこに、違和感《いわかん》を覚えている自分に気が付いた。

どうしても、彼女の言葉を鵜呑《うの》みにする気はなれなかった。

ただ、そんな風《ふう》に思う理由は自分でも分からなくて……彼は窓の向こうに流れてゆく帝都の景色《けしき》を静かに見送った。

どうやら、本人《ほんにん》にも理解《りかい》出来ないのは、女心《おんなごころ》だけではないらしい。

第二幕——

071

FALLEN MAIDEN
GENOCIDE

presented by
MISAKI SAGINOMIYA
illustration
NOCO

「どうすれば……もう少し踏み込めるやら……」

——サエカとの「取材契約《しゆざいけいやく》」から二週間。

通算《つうさん》四回目となる戦闘《せんとう》取材を終えた乱歩《らんぽ》は、慣れない「その空間」でぼんやり独《ひと》り言《ご》ちた。

「そろそろ何かしら、策《さく》を練った方がいい頃合《ころあ》いだろうか……」

ほとんど無意識《むいしき》のうちに吐き出されたその声は、木目《もくめ》の美しい壁に反響《はんきよう》し、誰《だれ》の耳に届くこともなく消えていった。

契約締結《ていけつ》以降《こう》——彼の記者業《ぎよう》は至って順調《じゆんちよう》だった。

活《い》キ人形が現れるたびに蓋《けだ》シ野《の》家《け》から記者室《しつ》に電話がある。それに従い乱歩が現場《げんば》に向かうと、ほぼ間違いなくその戦いを丸々《まるまる》取材することが出来るのだ。

結果、多くのことが分かってきた。

サヱカが本当に、一貫《いつかん》して悪人然《あくにんぜん》とした態度をとり続けていること。

その割にはきちんと道理《どうり》を弁《わきま》えており、会話には稀《まれ》に理知《りち》的な印象《いんしよう》すら覚えること。

かすてらを相手にする時だけは礼《れい》を尽くしていること。

これまでただ「恐怖《きようふ》の権化《ごんげ》」だった墜落乙女《ついらくおとめ》が、今の乱歩には一人の人間であると認識《にんしき》出来るようになり始めていた。

さらに、彼の記事は「詳細《しようさい》な戦闘描写《びようしや》」という強力な武器《ぶき》を得ることとなり、帝都内《ていとない》でも話題《わだい》となりつつあった。地味《じみ》さは相変わらずだというのに、情報量《りよう》が群を抜けばそれなりに評《ひよう》価《か》はされるらしい。おかげでこのところ、東条《とうじょう》の機嫌《きげん》もすこぶるいい。

しかし――

――肝心《かんじん》の、活キ人形の正体《しょうたい》は分からないままだった。

人形座座長《ざざちょう》もあれ以来《いらい》現れていないし、サヱカの本心《ほんしん》だって相変わらず読むことが出来ない。

であれば、乱歩としても早めに手を打っておきたいところ……なのだが。

「どうしたものか……」

「……ふぅ……」

彼の頭は緩《ゆる》み切り、口からは気の抜けた吐息《といき》がゆるゆるとこぼれていった。

この部屋にいては……深刻《しんこく》な考えごとなど出来そうにない。

「……本当に大《たい》したものだ……」

乱歩は周囲を見渡《みわた》す。

立ち込める湯気《ゆげ》。

香《かお》りのよい木製《もくせい》の壁面《へきめん》。

透明《とうめい》な湯で満ちた浴槽《よくそう》。

ここは――浴室《よくしつ》だった。

普段《ふだん》乱歩が使用している下宿《げしゅく》近くの銭湯《せんとう》、「竹《たけ》の湯《ゆ》」ではなく――蓋シ野家の、館内《かんない》にある浴室なのだ。

広さはちょうど、平均的《へいきんてき》な銭湯《せんとう》よりやや狭いくらいだろうか。壁面《へきめん》や浴槽《よくそう》は、高級木材《こうきゅうもくざい》である檜《ひのき》で作られているようだ。

少なくとも——乱歩《らんぽ》の他の知人《ちじん》で、自宅《じたく》に風呂《ふろ》のある者は一人もいない。記者室《しつ》で一番稼《かせ》いでいる東条《とうじょう》ですら、毎日近所《きんじょ》の銭湯《せんとう》に通っていたはずだ。そこにきてこの内風呂《うち》完備《かんび》……蓋《けだ》シ野家《のけ》の経済力《けいざいりょく》は、本当に底知《そこし》れない。

乱歩《らんぽ》がここを利用させてもらうことになったのは、つい先ほど新橋《しんばし》で発生した活《い》キ人形との戦闘《せんとう》がきっかけだった。あまりに現場《げんば》に近づきすぎたせいで活キ人形の返り血を全身に浴び、彼は着ていた服もろとも血まみれになってしまったのだ。

さすがに見かねたのか、サヱカは「うちのお風呂に入って行かれては?」と提案《ていあん》。そこまで気を許していいのかと大いに迷った末に、乱歩はお言葉に甘えることにした。

確かに、殺人鬼《さつじんき》同然《どうぜん》の格好《かっこう》で馴染《なじ》みの銭湯に向かう訳《わけ》にもいかない。「竹《たけ》の湯《ゆ》」の陸兵衛爺《りくべえじい》さんは、最近心臓《しんぞう》を悪くしたようだし。

「しかし……ずいぶん長《なが》風呂してしまったな」

あまりに居心地《いごこち》がよかったこともあり、気付けば指先《ゆびさき》がふやけるほどに湯を堪能《たんのう》してしまった。これ以上は迷惑《めいわく》になるかもしれない。乱歩は湯船《ゆぶね》の中で立ち上がり、湯気《ゆげ》の中《なか》出口に向かおうとする——が。

それより先に、木製《もくせい》の引き戸が開けられた。

そして、その向こうにいたのは——。

「——サ、サエカ君⁉」

一糸《いっし》まとわぬ、裸体《らたい》のサエカだった。

手に持った手拭《てぬぐ》いで体を隠《かく》す様子《ようす》もなく、彼女は浴室《よくしつ》に入ってくる。

慌《あわ》てて目を逸《そ》らそうとしたが、視界《しかい》の隅《すみ》にその体が焼き付いてしまった。

——細い首からなだらかにつながる肩。

——控《ひか》えめに膨《ふく》らんだ胸に、適度《てきど》にくびれつつも幼い印象《いんしょう》のお腹《なか》。

——腰回《こしまわ》りは緩やかな曲線を描き、ほっそりとした脚《あし》に繋《つな》がっている。

「な、何をしているんだ君は！」

慌てて浴槽に戻り後ろを向いてから、乱歩は混乱の声を上げた。

「待ってくれ、僕もいるんだぞ！」

なんだ、なんなんだこれは。

一体どういう状況だ。

「何をしているって、もちろん入浴《にゅうよく》ですわ」

椅子《いす》に座り、体に湯をかけながらサエカは言う。

「魔術《まじゅつ》で戦うのは簡単そうでしょうけれど、ああ見えて結構汗《けっこうあせ》をかきますのよ？」

「そ、そういうことではなくてだね……！」

言いながらも、耐《た》え難《がた》い誘惑《ゆうわく》に駆《か》られて……乱歩《らんぽ》はもう一度、ちらりとサヱカの方を見てしまう。

これまでただ細身《ほそみ》に見えていた体は、こうしてみると所々で丸みを帯び、年相応《としそうおう》の女性らしさをたたえていた。胸の膨《ふく》らみは確かにつつましやかだが、それでも十分《じゅうぶん》乱歩の視線を惹《ひ》きつける。肌《はだ》はおろしたての石鹸《せっけん》のように真《ま》っ白《しろ》ですべすべで、鎖骨《さこつ》はガラス細工《ざいく》のように繊細《せんさい》で——つい先ほどまで死闘《しとう》を繰り広げていたとは思えないほど美しかった。

「……なるほど」

ようやく理解した様子《ようす》で、サヱカは言う。

「乱歩さんは、私の体に劣情《れつじょう》を催《もよお》すということですのね」

「……そ、そんな……劣情など！」

慌《あわ》てて視線を前に戻す。

正直に言えはその通りだが……そんな直截《ちょくさい》な言い方をしなくても……。

「むしろサヱカ君……恥《は》ずかしくないのかい。こんな……男の前で、入浴《にゅうよく》なんて」

「もちろん気にしませんわ。そもそも乱歩さんとわたくしは、同列《どうれつ》の男女ではありませんもの」

「……まあ、そうではあるけれど」

「乱歩さんの性格を考えれば、わたくしに不埒《ふらち》を働くとも思えません。むしろ、今晩《こんばん》一人の時に使《つか》うことも出来ないんじゃなくて？」

「……」

「大体《だいたい》、万《まん》が一乱歩《いちらんぼ》さんが何かしらの行動に出ようとしたら、どうなるかはお分かりでしょう？　嫁入《よめい》り前《まえ》の身に傷をつけようなんて、活《い》キ人形以上《いじょう》に酷《ひど》い結末《けつまつ》を迎えていただくことになりますわ」

「嫁入り前の身を大事《だいじ》にするなら、そもそも裸身《らしん》を晒《さら》さないでくれたまえよ」

深く溜息《ためいき》をつくと、湯の表面に波紋《はもん》が広がった。

しかし……これはいけない。不意《ふい》打ちを受け、狼狽《うろた》えるところを見せてしまった。なんだか示しのつかない気分だ……。

「……ところでサヱカ君は」

普段《ふだん》の調子を取り戻そうと、乱歩は切り出した。幸い、話したいことはいくらでもある。

「活キ人形を駆逐《くちく》したい、座長《ざちょう》の目論見《もくろみ》を知りたい、ということだが……警視庁《けいしちょう》と協力しよう、と思ったことはないのかい？」

「……警視庁、ですの？」

「ああ……」

出来るだけ意識《いしき》を彼女の方からそらしつつ、乱歩は説明する。

「確かに、サヱカ君は強い。警視庁ではほとんど活キ人形を倒すことが出来ていないというのに、君にとってそんなことは朝飯前《あさめしまえ》だ。ただ、警視庁は警視庁で強みがあるじゃないか——人《じん》員《いん》を割《さ》き、調査を出来るという強みが。本当に君の目的が『活キ人形を倒し、その目論見を知る』ことなら、彼らと協力した方が効率《こうりつ》がいいと思うのだけど」

「……何をおっしゃいますやら」

鼻で笑い、サヱカは桶《おけ》の湯を体に掛ける。

「わたくしのような悪人《あくにん》が、警官様《けいかんさま》と手を組む訳《わけ》にはいきませんわ。わたくし、ああいう手合《てあ》いの人間たちが大嫌《だいきら》いなので」

「……そうかい」

納得《なっとく》いかないような声で言いつつも——その答えは、乱歩にとっても意外《いがい》ではなかった。予《よ》想《そう》通りだったと言ってもいい。

そもそも、直截《ちょくさい》に訊《き》きたいことを訊いてもサヱカがまともに回答《かいとう》してくれることはないのだ。ならば、答えやすい質問を重ね、その中で彼女の本心《ほんしん》を少しずつ探っていこうというのが彼の目的だった。

いくつか質問を繰り返し、ようやく場の雰囲気《ふんいき》が落ち着いてきたところで……体を洗い終えたサヱカが、浴槽《よくそう》にやってくる。

彼女は乱歩のすぐそばで肩まで湯につかると、

「——すこし、先ほどの話を考え直したのですが」

何食《なにく》わぬ顔で、そんなことを言い出した。

……濡《ぬ》れたその髪《かみ》から雫《しずく》が零《こぼ》れ落ち、胸元《むなもと》に流れていく。白い肌《はだ》は上気《じょうき》し、艶《なま》めかしく潤《うるお》いながら薄桃色《うすももいろ》に染《そ》まっていた。

一糸《いっし》まとわぬサヱカが――手の届く距離にいる……。

一気《いっき》に縮まった距離感《かん》に動転《どうてん》しつつ、必死《ひっし》に乱歩《らんぽ》は冷静を取り繕《つくろ》った。

「……何の話だい？」

「警察と協力する、というお話ですわ」

「……ああ」

……ふと気付けば、湯船《ゆぶね》の片隅《かたすみ》ではかすてらまで気持ちよさそうに湯につかっていた。得体《えたい》の知れない生き物だが、その仕草《しぐさ》は奇妙《きみょう》に人間臭《くさ》い。

「確かに、考えてみれば悪い話ではないかも知れません。わたくしも、いつまでも無駄《むだ》な戦いを続ける訳《わけ》にはいきませんからね。心の底から理解し合うことは出来なくとも、手を組む利点《りてん》は少なからずありそうですわ」

「……そうだろう？」

「ええ。ですから、乱歩さん。ご存じの警察《けいさつ》関係者《しゃ》がいらっしゃったら、墜落《ついらく》乙女《おとめ》としてわたくしをご紹介《しょうかい》願えませんか？」

「……う、うむ」

頷《うなず》き、口ごもる。

「知り合いの関係者か……」

考えるふりをしつつ……乱歩は彼女の心変《こころが》わりに言い知れぬ不安を覚えていた。

本心《ほんしん》が分からないとはいえ、この女が悪辣《あくらつ》であることは間違いない。

自分に見えないところで何かを企《たくら》んでいる可能性《せい》は大いにあるし、その言葉を鵜《う》呑みにしていいとも思えない。

果たしてそんな状態で……この女を警視庁《けいしちょう》に紹介していいものなのだろうか……？

これがこの女の悪だくみである可能性だって、あるんじゃないのか……？

しかし、その時ふと思う。

――「あの人」なら。

――自分が全幅《ぜんぷく》の信頼を寄せる「彼女」なら、この悪女《あくじょ》も御《ぎょ》することが出来るはず。

「……分かった。一人適任《てきにん》がいる。その人を紹介しよう」

「本当ですの？　それは助かりますわ」

サエカは湯船から立ち上がった。

ざばりという湯の音が浴室《よくしつ》に響《ひび》く。

「では、その方とお会い出来るのを楽しみにしております。果たして警視庁の皆様は――どんな風《ふう》にわたくしを歓迎《かんげい》してくださるのかしら」

＊

突然の墜落乙女訪問《ついらくおとめほうもん》に――警視庁《けいしちょう》は大変な喧噪《けんそう》状態となった。

悲鳴《ひめい》を上げる者、逃げ出す者、興奮《こうふん》でサーベルを抜こうとする者、愕然《がくぜん》と立ち尽くす者……。

正面入《い》り口《ぐち》を抜け受付へ向かいながら、

「なんとまあ、情《なさ》けないこと……」

サヱカは呆《あき》れたように周囲に目を向けた。

「たかが小娘《こむすめ》一人の来訪《らいほう》でここまで狼狽《うろた》えて……もう少し、客人《きゃくじん》に対する礼儀《れいぎ》というものを弁《わきま》えていただきたいものですわ」

――今日《きょう》の彼女は、ドレスではなくブラウスに短めのスカートというモダンガールファッションだ。「魔装《まそう》」でなくて大丈夫《だいじょうぶ》なのかと乱歩《らんぽ》は尋《たず》ねたのだが、墜落乙女だと認識《にんしき》させる魔術《まじゅつ》的暗示《てきあんじ》は、服装《ふくそう》に関係なく発動《はつどう》することが出来るらしい。その証拠《しょうこ》に、頭の後ろでは魔法陣《まほうじん》がゆっくりと回っている。そう考えると、自分が墜落乙女の正体《しょうたい》を見破ったあの夜は、サヱカは本当に油断《ゆだん》していたのだろう。

「帝都《ていと》日日雑報《にちにちざつぽう》の記者、賜ヒ野《たまの》乱歩と……こちら墜落乙女です」

受付につき、怯《おび》える女性職員《しょくいん》に乱歩はそう告げた。

「ああ、大丈夫です。彼女、暴《あば》れに来た訳《わけ》ではないので。ええと、刑事課《けいじか》の、人形座事件《ざじけん》特別捜査班《そうさはん》、火《ひ》ノ星桔梗巡査《ほしききょうじゅんさ》部長をお願いします。乱歩だ、と言えば分かってもらえると思います」

——数分して、詰襟《つめえり》の制服《せいふく》に黒髪《くろかみ》をたなびかせ、桔梗が一階に現れた。傍《かたわ》らには看護衣姿《かんごいすがた》の妹、睡蓮《すいれん》を伴っている。

墜落乙女の姿を認めると、桔梗は目を剝《む》き、睡蓮はあからさまな怯《おび》えの色を顔に浮かべた。

「やあ、賜ヒ野……これは一体、どういうことだい」

滅多《めった》なことでは動《どう》じない桔梗だが、さすがにこの状況には驚きを隠《かく》せないらしい。凛々《りり》しい眉《まゆ》を怪訝《けげん》そうに顰《ひそ》めている。

「突然の訪問ですみません、ちょっとばかり、お話ししたいことがありまして」

乱歩がそれだけ説明すると、

「——お初《はつ》にお目にかかります『墜落乙女』と呼ばれている者ですわ」

サヱカは一歩前に進み出て、二人に薄い笑《え》みを向けた。

「乱歩さんと懇意《こんい》にされている刑事様《さま》ということで、お目にかかれて光栄《こうえい》です。本日《ほんじつ》はちょっと——ご提案《ていあん》がありますの」

通された応接室《おうせつしつ》にて。

机を挟んで向かい合い、乱歩はここまでの経緯《けいい》を桔梗たちに説明した。

取材契約《しゆざいけいやく》に至った流れや、契約後《ご》の活動《かつどう》状況。墜落乙女《ついらくおとめ》の素性《すじよう》は明かせないことなどを、可能な限り簡潔《かんけつ》に。

続いて、彼はサヱカに火《ひ》ノ星《ほし》姉妹を紹介《しようかい》する。

「まず、こちらの女性が姉の火ノ星桔梗《ききよう》さん」

言って、彼は桔梗の方を見た。

「日本国初《にほんこくはつ》の女性警官《けいかん》であり、齢《よわい》二十一にして巡査《じゆんさ》部長になった才媛《さいえん》だ。最近活《い》キ人形の被《ひ》害者《がいしや》が減《へ》りつつあるのは、彼女の避《ひ》難誘導《なんゆうどう》や防戦《ぼうせん》による功績《こうせき》も大きい。僕と出会ったのは、桔梗さん担当の事件を僕が取材し始めた一年ほど前のことだ。以来、全幅《ぜんぷく》の信頼《しんらい》を寄せ、付き合いを続けている」

「褒《ほ》めすぎだ、賜《たま》ヒ野《の》。少々むず痒《がゆ》い……。しかしまさか、こんな形で対面《たいめん》することになるとは思わなかったよ」

桔梗は立ち上がり、右手をサヱカに差し出した。

「まずは、よろしくたのむ」

「よろしくお願いしますわ」

サヱカも椅子《いす》から立ち、どこか繊細《せんさい》な手つきでその手を握り返した。

その光景《こうけい》に、乱歩は不思議《ふしぎ》な感覚を覚える。

正義感《せいぎかん》が強く、豪快《ごうかい》な性格の桔梗に、悪人《あくにん》を自称《じしよう》するサヱカ。

言わば正《せい》反対の人間が、目の前で相対《あいたい》しているのだ。

サヱカが細身《ほそみ》なのに対して桔梗が高《こう》身長かつグラマラスであるのも、真逆《まぎやく》の印象《いんしよう》に拍車《はくしや》をかけていた。

「次に、こちらが二つ違《ちが》いの妹の、火ノ星睡蓮《すいれん》さん」

名前を口にすると、泣きそうな顔で俯《うつむ》いていた睡蓮はびくりとその身を震わせた。

……どうやら、心底《しんそこ》墜落乙女におびえているらしい。

外見《がいけん》は姉によく似ているのだが、内面は本当に姉妹なのかと驚くほどに異なる。

「外科医師《げかいし》の見習《みなら》いで、現在は桔梗さんの手引《てび》きで警視庁付《けいしちようづき》の救護員《きゆうごいん》として活躍《かつやく》している。人形座《ざ》との戦闘《せんとう》の現場《げんば》でも多数の怪我人《けがにん》を救《すく》っていて、もしかしたらサヱカ君も目にしたことがあるかもしれないな」

「あ、あのぅ……そのぅ……」

唇《くちびる》を震わせ、睡蓮はおずおずとサヱカを見た。

「よろしく……お願いします……」

「こちらこそ、よろしくお願いしますわ」

「……すまないね、睡蓮はちょっとばかり、繊細なんだよ。ちょっとビクビクしているが、気を悪くしないでほしい」

困ったようにそう言って、桔梗は笑う。

「いえ、仕方《しかた》がないとは思いますわ」

首を横に振ると——サヱカはどこか挑発《ちょうはつ》的に、その目を細める。

「わたくしは——皆様《みなさま》ご存じの通り悪人《あくにん》なのですし」

サヱカのその言《げん》に興味《きょうみ》を持った様子《ようす》で、桔梗《ききょう》は顎《あご》に手を当てた。

「……ふむ。自分でも、自らのことを『悪人』だと思っているのかい？」

「もちろんですわ」

サヱカは頷《うなず》いた。

「あれだけのことをすれば、もうそれ以外の形容はわたくしに当てはまりません。桔梗さんも、散々《さんざん》わたくしの戦いはご覧《らん》になったでしょう？」

「そうだね……。確かに間違いない、君は私の経験の中でも、一、二を争うほどの悪人だ」

言い合う二人の口調《くちょう》は穏《おだ》やかだ。

それでも——その水面下《か》では大きく異なる二つの価値観《かちかん》が触れ合っている。何をきっかけに火花《ひばな》が散るかは分からない。

「——ところで、本題《ほんだい》なのですが」

雰囲気《ふんいき》が悪化《あっか》する前に、乱歩《らんぽ》は話を切り替えた。

「実は今回こうして伺《うかが》ったのは、この墜落乙女《ついらくおとめ》が、警視庁《けいしちょう》との連携《れんけい》を希望しているからなのです」

「ふむ……」

頷く桔梗たちに、乱歩は説明した。

墜落乙女の目的は、活《い》キ人形たちを駆逐《くちく》し、人形座座《ざ》長《ざちょう》の目論見《もくろみ》を知ること。

そして警視庁も、人形座事件《じけん》を一刻《いっこく》も早く解決したい。

だとすれば、手を組めばお互い足りない部分を補《おぎな》い合えるのではないか――。

「――ですから、どうでしょう？」

乱歩は桔梗の表情を窺《うかが》う。

「ここで協力体制《たいせい》を築き、行動を共にする、というのは。彼女はそれを希望しているのですが」

「……なるほどね」

腕を組み、桔梗は眉間《みけん》にしわを寄せる。

そして、しばし沈黙《ちんもく》したのちに――

「……悪くない話だな」

――呟《つぶや》くようにして、そう言った。

「活キ人形に対する攻撃《こうげき》の切《き》り札《ふだ》は、是非《ぜひ》ともほしいところだったんだ。なんとかして、前向《まえむ》きに検討《けんとう》したいものだ……」

なるほど。好感触《こうかんしょく》か。

彼女の正義感《せいぎかん》を考えれば却下《きゃっか》される可能性《せい》も大いにあったろうが、ひとまず肯定《こうてい》的に取られたらしい。

「ただ……」

そう言って、桔梗《ききょう》は表情をやや曇らせる。

「それを私一人《ひとり》では、決定《けってい》出来ないのだ……」

——その時だった。

応接室《おうせつしつ》の扉《とびら》が勢いよく開き——

「——火《ひ》ノ星《ほし》、どういうことだ！」

——丸々《まるまる》太った壮年《そうねん》の男性警官《けいかん》が、怒鳴《どな》り声を上げながら部屋に入ってきた。

「……ほ、本当に墜落乙女《ついらくおとめ》がいるではないか！　無断《むだん》でここに入れて、何かあったらどうする！　なぜわしに、事前《じぜん》に連絡《れんらく》を入れなかった！」

「森栖《もりす》警視《けいし》……！」

慌《あわ》てた様子《ようす》で、桔梗は椅子《いす》を立った。

「申《もう》し訳《わけ》ありません、彼女が到着《とうちゃく》した段階で連絡は差し上げようとしたのですが、他の容疑者《ようぎしゃ》への取り調べをしていらっしゃるようでしたので……」

——その警視に、乱歩《らんぽ》は見覚《みおぼ》えがあった。

過去何度《なんど》かの人形座《ざ》襲撃現場《しゅうげきげんば》に於《お》いて、後方《こうほう》から警官隊《たい》全体を指揮《しき》していた男……。

つまり彼は、桔梗の上司《じょうし》、ということになるのだろう。

「ああもう！　言い訳《わけ》はいらん！　それでなんだ！　何をこんなところで話している！」

「それが実は……墜落乙女から、共闘《きょうとう》を打診《だしん》されまして……」

桔梗が森栖警視に事情を説明する。

「人形座との戦闘《せんとう》をより有利に行うため、手を組まないかと……」

「——手を組むだと……？」

信じられない、といった様子《ようす》で森栖警視は目を見開いた。

「許可《きょか》出来るはずがない！　この娘《むすめ》は、自ら悪人《あくにん》を名乗り、当局に断りもなく戦闘行為《こうい》を繰り広げているのだろう⁉　そもそも、こいつはいったい何者なのだ⁉　なぜあんな風《ふう》に戦う？」

「それは……教えられないそうです」

「……なんだそれは！　馬鹿《ばか》にしているのか⁉　共闘など、出来る訳なかろうが！　こんなこと前例《ぜんれい》もないし、厄介《やっかい》ごとを持ち込まれたらどうするんだ！」

まくしたてるように警視が言い……応接室に沈黙《ちんもく》が横たわる。

睡蓮《すいれん》は泣きそうな顔で唇《くちびる》を噛《か》み、普段《ふだん》は気丈《きじょう》な桔梗すら、無念《むねん》そうに俯《うつむ》いていた。

彼女たちも、直属《ちょくぞく》の上司には楯突《たてつ》くことが出来ないらしい。

その時、

「……うふふふ」

押し殺すような笑い声が、部屋に響《ひび》いた。

その声は徐々《じょじょ》に大きくなり、

「あははははは！」

本当に楽しげな、高笑《たかわら》いに変わった。

「貴様《きさま》……！」

森栖《もりす》警視《けいし》は声の主《ぬし》を——サヱカをにらみつける。

「何が面白い！」

「いえいえ、これが笑わずにいられますか！　あはははは！」

「な、なんだと……」

「考えてもみてくださいな！」

その顔にはっきりとしたあざけりの色を浮かべ、サヱカは森栖警視の顔を覗《のぞ》き込む。

「警視庁《けいしちょう》は、これまで何体《なんたい》の活《い》キ人形を倒しました？　せいぜい、片手の指で収まる程度《ていど》でしょう？　それに対し、わたくしが倒した活キ人形は——百五十一体に及びますわ。放っておけば、この比率《ひりつ》は未来永劫《えいごう》変わりません。つまり警視は——これからも警視庁の無能《むのう》を世間《せけん》に晒《さら》し続け！　わたくしに手柄《てがら》を取られ続けようというのでしょう！　あはははははは！」

「こ、この女……」

森栖警視の顔が、真《ま》っ赤《か》に怒張《どちょう》する。

しかし、それ以上《いじょう》言葉を継《つ》ぐことが出来ないのは——サヱカの言《げん》が図星《ずぼし》だからなのだろう。

「滑稽千万《こっけいせんばん》とはこのことですわ！　せっかく得た好機《こうき》をみすみす逃《のが》すとは！　あはははは！」

「……警視」

嗤《わら》うサヱカをじっと見てから、桔梗《ききょう》はその声に意思《いし》を込める。

「試しに、で構いません、彼女と手を組ませていただけませんか」

「……」

「何か不都合《ふつごう》があれば、関係は解消《かいしょう》で構いません。責任は、全て私が負《お》います。……ですから、機会《きかい》をいただけませんか……？」

警視は歯をグッと喰いしばり、もう一度サヱカをにらみつけてから、

「……独断《どくだん》、ということであれば」

怒りに震える声で、そう言った。

「全ては君の独断、ということであれば、協力しても構わん……」

「……分かりました」

桔梗は深く頷《うなず》く。

「では、私の独断で、墜落乙女《ついらくおとめ》との共同戦線《せんせん》を組むことにいたします」

「……ふん！」

鼻から息を吐き出すと、警視は過剰《かじょう》に足音《あしおと》を立て、乱暴《らんぼう》に応接室《おうせつしつ》を出て行った。

彼の気配《けはい》が廊下の向こうに消えるのを待って。

「……さて」

参《まい》ったように髪《かみ》を掻《か》き、桔梗《ききょう》は乱歩《らんぽ》たちに苦笑《にがわら》いを向ける。

「見苦《みぐる》しいところを見せてしまったな。帝都《ていと》の治安《ちあん》を守る身として、恥《は》ずかしいばかりだ。とはいえ、手を組むことも決まったことだし……」

言って、彼女は気を取り直したような声で提案《ていあん》した。

「まずは一度、戦いを間近《まぢか》で見せてもらえないか？」

「ええ、かまいませんわ」

挑発《ちょうはつ》的な表情で、サヱカは頷《うなず》いた。

「是非《ぜひ》、最前線《さいぜんせん》でとくとご覧《らん》になってくださいな。お楽しみいただけるよう、腕によりをかけて——活《い》キ人形を蹂躙《じゅうりん》いたしますわ」

＊

「——そろそろ終わりにしましょうか」

上空《じょうくう》に浮かんだサヱカが、地面に磔《はりつけ》にされた活キ人形たちを見下《みお》ろし穏《おだ》やかに微笑《ほほえ》む。

警視庁訪問《けいしちょうほうもん》の数日後《ご》、浅草《あさくさ》でのこと。

周囲には遠巻《とおま》きに野次馬《やじうま》が集まり、墜落乙女《ついらくおとめ》の戦いに息を飲んでいた。

「それではおやすみなさい。可哀想《かわいそう》な、活キ人形さん」

言って、サヱカが日傘《ひがさ》を開いた――その瞬間《しゅんかん》。

磔にされた活キ人形たちの首が――弾《はじ》けるようにして四散《しさん》した。

大量の血液《けつえき》、木片《もくへん》や金属片《きんぞくへん》が飛び散る。

見守っていた野次馬から悲鳴《ひめい》が上がる。

その光景《こうけい》に、そろそろ戦闘《せんとう》を見慣《みな》れ始めたはずの乱歩も戦慄《せんりつ》を覚えた。

鼓動《こどう》の高鳴《たかな》る胸に、本能《ほんのう》的な嫌悪感《けんおかん》がこみ上げる。

「……自分は、正直《しょうじき》この戦い方を好きになれません」

隣《となり》で戦闘を見ていた桔梗に、彼は本音《ほんね》を打ち明けた。

「彼女とは、ここしばらく行動を共にしていますが、未《いま》だに真意《しんい》も測《はか》りかねています。ですから……そのような状態で桔梗さんを紹介《しょうかい》するのには、少々不安《ふあん》もありました」

「ふむ……」

活キ人形の亡骸《なきがら》に視線をやったまま、桔梗は腕を組んだ。

「戦い方が気に食わない、という点は全面的に同意《どうい》だ。知っていると思うが、私は悪人《あくにん》が許せない。だからこそ刑事《けいじ》になったのだし、これからもこの町全《すべ》ての悪人と戦うつもりだ」

とはいえ、と、彼女は乱歩の方を向く。

「警視庁が決定的な戦力《せんりょく》を持っていないのは事実。墜落乙女にそれがあるのも事実。そして現状、目的の一部を共有《きょうゆう》することが出来ている。そのことは、少なくとも間違いないはずだ。

であれば、危険を冒《おか》してでも試してみる価値《かち》は、やはりあると思う」

「……なるほど」

その判断《はんだん》に、乱歩《らんぽ》は一層《いっそう》の頼もしさを感じる。

彼女の正義感《せいぎかん》は本物《ほんもの》だ。

それは戦闘《せんとう》の際、体を張って都民《とみん》を助けていたことからも明らかだし、人形座事件《ざじけん》以前から
乱歩が身に染《し》みて実感《じっかん》していたことだった。

それでも、彼女はそこに固執《こしつ》することなく、客観的《きゃっかんてき》で冷静な決断《けつだん》を下すことも出来る。

必要とあらば、私情《しじょう》と反対の行動を取ることすら出来る。

情熱《じょうねつ》と理性《りせい》のバランス。それがこの人の、最大の武器《ぶき》なのかもしれない。

「それに真意《しんい》が分からない、というのは誰《だれ》に対してだって同じだろう。どんな人間にも、気持
ちの中に隠《かく》しごとの一つや二つあるはずだ。考えていることや意志《いし》を知り尽くすことなんて、
土台無理《どだいむり》な話だよ」

「そうではありますがね」

答えながら、乱歩はふと疑問に思う。

「……しかし、桔梗《ききょう》さんも何かを秘密《ひみつ》にすることがあるのですか？」

公明正大《こうめいせいだい》なこの人のことだ。可能な限り、隠しごとはしない性質《たち》に見えていたのだけど、そ
ういう訳《わけ》でもないのだろうか。

「もちろんさあるさ」

当たり前のような表情で、桔梗は首を縦《たて》に振った。

「大きなものから小さなものまで、たくさん秘密を隠しているよ」

「例えば？」

「そうだな……」

桔梗はちょっと考えると、それまでの真剣な表情を崩《くず》し、口元《くちもと》に笑《え》みを浮かべた。

「協力関係《かんけい》を結んだおかげで、今後墜落乙女《ついらくおとめ》が怪《あや》しい行動に出た場合、簡単に取り締《し》まることが出来て楽だな、と思ったことだとかね」

「……なるほど」

思わず吹き出しながら、乱歩は頷《うなず》く。

真面目一辺倒《まじめいっぺんとう》に見える桔梗も、実は打算《ださん》的な部分も持ち合わせている、ということらしい。

これまであまり感じることのなかった親近感《しんきんかん》を覚え、妙《みょう》に喜ばしい気分になった。

しかし、

「……ずいぶんと、好き勝手《かって》おっしゃってますのね」

……会話が聞こえていたらしい。

戦闘を終えたサエカが、目を細め血溜《ちだ》まりの中をこちらへ歩いてくる。

「簡単に取り締《し》まるとは、ああ、舐《な》められてしまったものですわ。手を組みますが、それはあくまで必要に迫られて、なのです。仲間になった訳《わけ》ではないし、むしろ本来的には敵であることはこちらも重々承知《じゅうじゅうしょうち》しております。わたくしたちの関係はあくまで相互《そうご》利用。ですから――」

言って、サヱカは楽しくてしょうがなさそうな笑《え》みを浮かべた。

「――寝首《ねくび》をかかれないよう、せいぜい気を付けてくださいな」

彼女は桔梗《ききょう》の前を素通《すどお》りすると、空中に浮遊《ふゆう》しどこかへ飛び去った。

桔梗はその姿《すがた》を見送ると、

「……そうさせてもらうよ」

困ったように髪《かみ》を掻《か》き、苦笑《にがわら》いしながら呟《つぶや》いた。

＊

飯田橋《いいだばし》の定食屋《ていしょくや》は――昼時《ひるどき》の混雑《こんざつ》に沸《わ》いていた。

狭い店内の片隅《かたすみ》、乱歩《らんぽ》は臼杵《うすき》と向かい合い、煮魚《にざかな》定食に箸《はし》を伸ばしている。

この店は、手ごろな価格《かかく》と変わらない味で周囲の勤《つと》め人から大好評《だいこうひょう》だ。乱歩たちも、しばし並んだ末にようやく席に着くことが出来ていた。

臼杵はオムレツを豪快《ごうかい》に頬張《ほおば》りながら、今朝《けさ》出たばかりの帝都《ていと》日日雑報《にちにちざつぽう》朝刊《ちょうかん》、乱歩の記事に目を通している。

いつも通りの昼時の風景。

このところ緊張気味《きんちょうぎみ》の展開が続く乱歩も、落ち着いて食事を楽しむことが出来ていた。

……と、臼杵は一通《ひととお》り記事を読み終えると、

「……そろそろ、訊《き》いておこうか」

紙面を畳《たた》み傍《かたわ》らに置き、そんなことを言い出した。

「……何をだい？」

出来るだけ平静《へいせい》を装《よそお》って、乱歩は返す。

心当たりはいくつもあるが、今はシラを切ることしか出来ない。

「いやな、賜《たま》ヒ野《の》……最近お前、妙《みょう》に絶好調《ぜっこうちょう》じゃねえか。百発百中《ひゃっぱつひゃくちゅう》で、人形座《ざ》の戦闘《せんとう》に行き当たっている」

「……それはそうだが」

やはりその話か……。

何食わぬ風《ふう》を装い、乱歩は箸を持った手で鼻の頭を掻《か》いた。

「この間も説明しただろう？　車に乗せられ連れていかれた屋敷《やしき》で、人形座の出現する法則《ほうそく》があると教わったんだ。詳細《しょうさい》は教えられないが、それに従い行動した結果、実際に戦闘を目にすることが出来ているんだ」

……記者室内《しつない》でも、乱歩の快進撃《かいしんげき》を不審《ふしん》に思う者は少なからずいた。

特に臼杵《うすき》は、彼が「正体不明《しょうたいふめい》の車」に乗る現場《げんば》に居合《いあ》わせていたのだ。不審《ふしん》に思わないはずがない。

そこで乱歩《らんぽ》が思いついたのが——先ほど臼杵に述べた嘘《うそ》だった。

幸い、彼は女中《じょちゅう》の口にした「蓋シ野《けだしの》サヱカ」という名前を憶《おぼ》えてはいない様子《ようす》だ。であれば、情報を提供《ていきょう》してくれる人が現れた、とでも話しておけば、つじつまは合うはず。

それなのに、

「嘘だな」

臼杵はそれを、あっさり看破《かんぱ》する。

「そんな、何を根拠《こんきょ》に……」

「気付いていないだろうが、賜ヒ野《たまひの》には癖《くせ》がある——嘘をつく時に、鼻の頭を掻《か》く癖がな」

……言われてみれば、そうかもしれない。自覚は全くなかったのだけど。

「この間その話をした時も、お前は鼻の頭を掻いていた。だから俺《おれ》は、賜ヒ野が俺たちに言えないようなことを抱えているんじゃないかと踏んでいる。例えば……」

臼杵はじろりと乱歩の目を見た。

「……墜落乙女本人《ついらくおとめほんにん》と、つながりが出来た、だとか」

……定食《ていしょく》をつつく手を止めそうになった。

——何故《なぜ》それを知っている?

当てずっぽうで言ったことが、たまたま的《まと》を射《い》ていただけか？

「何を根拠にそんなことを……」

「あの日、お前は編集長《へんしゅうちょう》に『事件の真相《しんそう》に近づけそうだ』という話をしていたろう？　そして、そのあと車から出てきた女給《じょきゅう》が口にしたのは、細かくは忘れたが女の名だった。さらに、それを聴《き》いた途端《とたん》、お前は素直に車に乗り込み、以降取材《いこうしゅざい》は絶好調《ぜっこうちょう》……となれば、あの後お前は、墜落乙女と会っていたんじゃないかと思ってね」

「……なるほど」

本当に、何と勘《かん》のいい男だ。それだけの事実で、推察《すいさつ》とはいえ裏側《うらがわ》を見抜《みぬ》かれるとは。

思わず全面的に肯定《こうてい》し、その鋭さにひれ伏したくなったが、

「……まあ、答えられんのならそれでもかまわん」

臼杵はそう言って、湯呑《ゆのみ》の茶《ちゃ》をグッと飲み干《ほ》す。

「お前のことだから何か事情があるのだろうし、それは決して悪いことじゃないのだろうよ。記者室の中にも未だに訝《いぶか》しむやつもいるが、必要とあらばうまく抑えておく。でも……いつか全部話《はな》せる日が来たら、教えてもらえるとうれしいがな」

「……臼杵」

……自分と同《おな》い年であるというのに、この男は何と出来た人間なのだろう。

素直に感動し、さすがに箸《はし》を操《あやつ》る手が止まった。

「そうだな……その時には、説明させてもらう」

「ああ、そうしてくれ。ただ、一点だけ注意だ」

臼杵《うすき》はスプーンを置き——真剣な目で、乱歩《らんぽ》を見た。

「相手に取り込まれるなよ。お前が深淵《しんえん》を覗《のぞ》き込む時、深淵もまたお前を覗き込んでいるのだそうだぜ」

「……分かった」

その言葉が妙《みょう》に染《し》み入り、乱歩は深く頷《うなず》く。

「肝《きも》に銘《めい》じておくよ」

食事を終え店を出ると、乱歩は臼杵と別れ都電《とでん》の駅へと向かった。

目的地《ち》は、日比谷《ひびや》にある警視庁赤煉瓦庁舎《けいしちょうあかれんがちょうしゃ》。

今日《きょう》は人形座《ざ》調査に関し——桔梗《ききょう》に招集《しょうしゅう》をかけられているのだ。


「角筈物産《つのはずぶっさん》本社、角筈ビルヂングに強制捜査《きょうせいそうさ》に入る」

庁舎内《ない》。

先日も通された応接室《おうせつしつ》で、桔梗は机に手を突き捜査の概要《がいよう》を説明し始めた。

部屋にいるのは彼女と乱歩、サエカの三人だけだ。

「角筈物産の名は二人も知っているだろう。角筈財閥《ざいばつ》の資本《しほん》をもって設立された総合《そうごう》商社だ。

このところは造船《ぞうせん》や貿易《ぼうえき》に力を入れているらしく、経営も順調《じゅんちょう》な様子《ようす》。ただ……」

桔梗は声を潜《ひそ》める。

「この会社は以前から、横浜《よこはま》の極道《ごくどう》『楡《にれ》ノ木《き》組《ぐみ》』との関連が指摘《してき》されている……」

「『楡ノ木組』ですか……」

乱歩は以前、取材中《しゅざいちゅう》に何度か楡ノ木組構成員《こうせいいん》の姿《すがた》を見かけたことがあった。柄《がら》が悪く素行《そこう》も乱暴《らんぼう》で、印象《いんしょう》は非常に悪い。

「ああ。そして先日、実際に楡ノ木組に凶器《きょうき》や武器《ぶき》を流しているのが確認《かくにん》された。どうも、他の組との全面抗争《こうそう》の用意であるらしい。この段階で、警視庁内《ない》では強制捜査が決定したのだが……さらに捜査の中で、気になる動きが見えてな」

桔梗は捜査資料《しりょう》を手に取り、読み上げる。

「――刀、銃器《じゅうき》の他にも複数発注有《ふくすうはっちゅうあり》。その中には、人形師《し》への等身大《とうしんだい》人形の発注も見受けられた。この発注の目的を探《さぐ》りたい」

乱歩は手帳《てちょう》から顔を上げる。

「形としては、凶器や武器の押収《おうしゅう》を主な目的として強制捜査に入り、並行《へいこう》して人形調査《ちょうさ》も行うと」

「その通りだ」

桔梗は深く頷いた。

「もちろん、人形を発注《はっちゅう》しているからと言って事件に関係があるとは限らない。ただ万《まん》が一《いち》、なんらかの関係があった場合は——その場で戦闘《せんとう》が発生《はっせい》する可能性が高いだろう。よって今回、墜落乙女《ついらくおとめ》も同行《どうこう》してもらいたい、ということだな」

「……構いませんわ」

おとなしく話を聴《き》いていたサヱカは、初めて声を上げる。

「要するにわたくしは——活《い》キ人形が現れれば、それを殺し尽くせばいいのでしょう？」

「……そういうことになるか」

身も蓋《ふた》もないその理解に、桔梗《ききょう》は苦笑《にがわら》いした。

「出来れば、もう少し穏《おだ》やかな表現をしてもらいたいが。何にせよ……共同戦線《せんせん》を張って初めての捜査《そうさ》だ——」

彼女は乱歩《らんぽ》たちをまっすぐ見る。

「——気を引き締《し》めて、臨《のぞ》んでくれ」

＊

「警視庁刑事課《けいしちょうけいじか》、巡査部長《じゅんさぶちょう》、火《ひ》ノ星《ほし》桔梗だ！　これより、当ビルヂング内の強制《きょうせい》捜査を行う！」

——裁判所令状《さいばんしょれいじょう》を掲《かか》げ、高らかに桔梗は宣言《せんげん》する。

一階フロアにいた角筈物産《つのはずぶっさん》社員たちは、驚きと困惑《こんわく》の表情でそれを迎えた。

「社員はその場から動かぬように！　なにがしかの証拠隠滅《しょうこいんめつ》を図った場合は、法律に則《のっと》り裁《さば》かれることになる！　捜査員《いん》が協力を要請《ようせい》した場合は、速《すみ》やかに従うように！」

言いながら、彼女は五十人近い捜査員を引き連れフロアを奥へ進んでいった。

大理石《だいりせき》張りの床に、大勢《おおぜい》の足音《あしおと》が響《ひび》く。

「まるで江戸《えど》時代の参勤交代《さんきんこうたい》ですわね……」

うんざりした様子《ようす》で、桔梗の後ろに控《ひか》えたサヱカは漏《も》らした。

今日《きょう》は既《すで》に「魔装《まそう》」の状態だ。詰襟姿《つめえりすがた》の警官隊《けいかんたい》の中、赤いドレスが一際異彩《ひときわいさい》を放っている。

「大規模《だいきぼ》な建物だ、これくらいの人員《じんいん》は必要になるだろうさ」

乱歩は気休めを言うが、

「必要であろうとなかろうと、鬱陶《うっとう》しいのに変わりはありません」

サヱカは眉間《みけん》にしわを寄せ吐き捨てた。

「時折不躾《ときおりぶしつけ》に眺《なが》められるのも不愉快《ふゆかい》ですわ。わたくしのこと、動物園《えん》の動物とでも思っているのかしら」

サヱカが言うのは角筈物産社員だけでなく——捜査員からも時折向けられる視線のことだ。

「……協力者がいるとは聞いていたが……」

「……まさか、あいつのことだとはな……」

そんな風《ふう》に小声《こごえ》で話すのが、今も時折乱歩の耳に届く。

墜落乙女《ついらくおとめ》が捜査《そうさ》に参加することは、桔梗《ききょう》や睡蓮《すいれん》、森栖《もりす》警視《けいし》以外には知らされていなかったらしい。ほとんどの捜査員《いん》が、彼女の突然の登場に少なからず動揺《どうよう》した様子《ようす》だった。

とはいえ――

「では、捜査開始《かいし》だ。各々《おのおの》、事前通告《じぜんつうこく》した持ち場につき行動に移ってくれ。違法《いほう》な物資《ぶっし》や『マルニ』を発見した場合は、最優先《さいゆうせん》で報告するように」

――桔梗のその言葉を合図《あいず》に、彼らは機敏《きびん》な動きで建物内《ない》に拡散《かくさん》する。

その手際《てぎわ》の良さに、「さすがは専門職《せんもんしょく》だ」と乱歩《らんぽ》は舌《した》を巻いた。意外《いがい》な協力者《しゃ》に動揺しているのは事実だが、能力に不安を覚える必要はなさそうだ。

……ちなみに、「マルニ」というのは今回の強制《きょうせい》捜査に先立ち設定された隠語《いんご》だ。「人形座《ざ》事件《じけん》と角筈物産《つのはずぶっさん》の関連を示すもの」を、そう呼ぶ手筈《てはず》になっている。

「さて……私たちは、この一階受付付近《ふきん》を本部としてしばらく待機《たいき》だ」

桔梗はそう言うと、表情を緩《ゆる》めぬままでサヱカたちを見た。

「いつでも行動に出られるよう心構《こころがま》えしておいてくれ。何が起きるか分からんからな。この場所なら、建物内《ない》のどこにでも行きやすいはずだ」

「分かりました」

乱歩が答え、サヱカも無言《むごん》で桔梗の顔を見る。

睡蓮は、早くも持ってきた医療器具《いりょうきぐ》を広げつつあった。

「ふん……お手並《てな》み拝見《はいけん》だな」

桔梗の後ろ、名ばかりの責任者として同行《どうこう》している森栖警視は笑った。

「まあ、何か重要な手掛かりが見つかるなんて思わんことだ。わしの勘《かん》では、今回の強制捜査では人形座事件は進展《しんてん》せん」

そうこうしているうちに、社長や専務《せんむ》など角筈物産役員《やくいん》が本部に集められた。突然《とつぜん》捜査員に連行《れんこう》され面食《めんく》らっているらしい。彼らは特に抗議《こうぎ》をするでもなく怒りの声を上げるでもなく、呆然《ぼうぜん》と捜査の行方《ゆくえ》を見守り始めた。

そして、捜査開始《かいし》から三十分も経《た》たないうちに――

「予想《よそう》通りだな……」

――あっさりと、差押対象《さしおさえたいしょう》発見の報が入った。

厳重《げんじゅう》に錠《じょう》の掛けられた黴臭《かびくさ》いその地下室《しつ》は――見るからに物騒《ぶっそう》な代物《しろもの》で埋め尽くされている。

太刀《たち》に脇差《わきざ》し、九年式拳銃《しきけんじゅう》に乃木坂式《のぎざかしき》大型自動《じどう》拳銃、最新《さいしん》式の機関銃《きかんじゅう》まである。

軍隊《ぐんたい》の一個中隊《ちゅうたい》でも武装《ぶそう》させられそうな、おびただしい数の武器《ぶき》たち。

「大方《おおかた》、軍に納品《のうひん》されるはずだったものが横流《よこなが》しされたのだろう」

鑑識《かんしき》らしき捜査官《かん》の後ろから、桔梗はそれらを眺《なが》めている。

「そしてこれが、楡《にれ》ノ木組《きぐみ》に行きつき、抗争《こうそう》に利用されると」

その話に、乱歩はもはや溜息《ためいき》も出ない。

ただでさえ、人形座《ざ》事件で帝都内《ていとない》は大混乱《だいこんらん》だというのに。多数の死傷者《ししょうしゃ》が出ているというのに。さらに戦いの準備をしようと考える者もいる。その事実に、乱歩《らんぽ》はもはや人間の業《ごう》すら感じ取ってしまう。

「銃砲火薬類取締法《じゅうほうかやくるいとりしまりほう》に、帯刀禁止令《たいとうきんしれい》にも違反《いはん》しているな。役員《やくいん》を取り調べの上で、然《しか》るべき人間を裁《さば》きにかけなければ」

早くも後の手続きを考え始める桔梗《ききょう》。

警官《けいかん》であればこういうことはままあるのだろうが、表情には怒りが見え隠《かく》れしている。彼女のこういうところが、乱歩にとっては非常に好印象《こういんしょう》だ。それにひきかえ乱歩の横のサヱカは、特に興味《きょうみ》がない様子《ようす》でぼんやり武器《ぶき》を眺《なが》めていた。

「……なんにせよ、これで抗争《こうそう》も未然《みぜん》に防げる。最低限《さいていげん》の目標《もくひょう》は、達成《たっせい》されたといえるだろう。だが――」

桔梗は踵《きびす》を返し、地下室の出口へ向かって歩き出した。

「――真の目的は達成されていない。捜査はこれからが本番《ほんばん》だ」

その背中に――乱歩は一層《いっそう》の緊張感《きんちょうかん》が滾《たぎ》り始めたのを感じ取った。

「銃器《じゅうき》と刀剣《とうけん》の類《たぐい》を漏《も》れなく押収《おうしゅう》してくれ。引き続き、捜査を進める」

しかし桔梗の言葉とは裏腹《うらはら》に、乱歩達《たち》が本部に戻って以降《いこう》、捜査の進展《しんてん》はぱたりと停止《ていし》した。

刃物《はもの》や銃器発見《はっけん》の報告は数件《すうけん》あったが、ここ数十分は、「マルニ」物件はおろかその他違法《いほう》物《ぶつ》の報告もない。

「退屈《たいくつ》ですわ……。この調子では戦闘《せんとう》なんて起きそうにないし。わたくし、何のために呼ばれたのかしら」

「そう言うなよ。まだ捜査は終わった訳《わけ》じゃないんだから。それに戦闘が起きないなら起きないで、それはいいことじゃないか」

乱歩は戒《いまし》めるように言うが、一階のフロアに漂《ただよ》う空気は少しずつ弛緩《しかん》し始めている。

拘束《こうそく》された社の役員も、既《すで》に全ての秘密《ひみつ》がばれてしまったかのようにうなだれていた。もしまだ社内に「違法な何か」があるのであれば、こんな態度は取らないのではなかろうか……。

……と、役員たちを眺《なが》めていて、乱歩はふと気が付く。

自分の腕に、酷《ひど》く鳥肌《とりはだ》が立っていることに。

風邪《かぜ》でも引いたのかと思ったが、特に体調《たいちょう》におかしなところはない。

しかし、鳥肌はどんどん酷《ひど》くなっていき——乱歩は自分が「殺気《さっき》」にも似た何かを感じていることに気が付く。

このひりつく様《よう》な感覚は、殺人《さつじん》の現場《げんば》や多くの犠牲者《ぎせいしゃ》が出た事故《じこ》現場の空気に似ている。

……なぜそんな感覚を覚えるのだろう。

こんな緩《ゆる》み始めた気配《けはい》の中で、なぜ自分は胸騒《むなさわ》ぎを覚えているのだろう。

「――だから言っただろう！」

そんな乱歩《らんぽ》の思考《しこう》を掻《か》き消すように、警視《けいし》ががなり立てた。

「今回の強制捜査《きょうせいそうさ》は空振《からぶ》りだ！　さっさとあきらめて、捜査員《いん》を撤収《てっしゅう》させてはどうかね！　これ以上やっても、時間を無駄《むだ》にするばかりだぞ！」

その声が、一階フロア中に反響《はんきょう》する。

「大体こうなるのは分かっていたのだ！　これだから、女などに指揮権《しきけん》を持たせてもろくなことはないのだと――」

「――ああもう、ちょっと静かにしてくださる？」

我慢《がまん》し切れなくなったらしい、サエカが言葉を遮《さえぎ》った。

「退屈《たいくつ》ではありますけれど、だみ声を聞きたいと願った覚えはありませんわ。そんな大声《おおごえ》を出されると、神経《しんけい》に障《さわ》ります」

「……ふん、何とでも言うがいい！」

一瞬《いっしゅん》驚いた警視だったが、彼はすぐに笑《え》みを取り戻した。

「貴様《きさま》などいたところで何も変わらんことは、すぐに証明《しょうめい》されるはずだ」

ぎくしゃくし始めた本部の雰囲気《ふんいき》に、桔梗《ききょう》は唇《くちびる》を噛《か》み、睡蓮《すいれん》は狼狽《うろた》え始めた。

――その時だった。

「――サエカ！」

甲高《かんだか》い女児《じょじ》の声が、弾《はじ》けるように周囲に響《ひび》く。

同時にサヱカの背後から飛び出す黒い影。

――かすてらだ。

彼女はフロアの天井《てんじょう》近くを飛び回りながら、

「大変だよ！　活《い》キ人形の気配《けはい》を感じる！」

警告《けいこく》するように叫んだ。

――初めて見るその姿《すがた》に、桔梗や睡蓮、森栖《もりす》警視は愕然《がくぜん》とする。

当然だろう。突然蝙蝠《こうもり》が現れ、人間の言葉をしゃべり始めたのだから。

そして乱歩も――これまで以上に切迫《せっぱく》したかすてらの声に、異常事態《じたい》の発生を感じ取った。

「あらかすてらさん、どうされましたの？　ずいぶんと慌《あわ》てている様子《ようす》ですが」

「大量の活キ人形が、ビルを囲み始めてるの！」

「大量？」

「うん、とてつもない数だよ。少なく見積《みつ》もって――二百体はいる！」

――事情を把握《はあく》した桔梗は、即座《そくざ》に捜査を中断《ちゅうだん》。

手早く指令《しれい》を出し、活キ人形撃退《げきたい》の陣形《じんけい》を組み上げていった。

「角筈物産《つのはずぶっさん》社員と非武装《ひぶそう》の捜査員《いん》は最上階《さいじょうかい》に避難《ひなん》してくれ！　拘束《こうそく》した役員《やくいん》もだ！　武器《ぶき》を

持つ捜査員《そうさいん》、墜落乙女《ついらくおとめ》は前線《ぜんせん》で活キ人形を迎え撃《う》つ！」

号令《ごうれい》に合わせ、速《すみ》やかに移動が始まる。事前《じぜん》に活キ人形襲来《しゅうらい》の可能性《せい》は説明されていたのだろう、捜査員たちの表情に戸惑《とまど》いの色はなかった。

「——桔梗《ききょう》さん！」

サーベルを抜く桔梗に駆《か》け寄り、乱歩《らんぽ》はその名を呼んだ。

「自分はどうすれば……どこにいけばいいですか⁉」

「君は睡蓮《すいれん》たちと共に、最上階へ向かってくれ！」

振り返り、桔梗は手短《てみじか》に指示《しじ》する。

「怪我人《けがにん》を随時《ずいじ》そちらに送ることにする。睡蓮の手当ての補助《ほじょ》をしてもらいたい！　それから……これは万《まん》が一《いち》だが」

桔梗は左手で、乱歩の肩をぐっとつかんだ。

「一、二匹《ひき》取り逃《のが》して最上階に到達《とうたつ》するかもしれん。その時は——お前に社員や睡蓮を守ってもらいたい！　本来賜ヒ野《ほんらいたまの》に頼むべきことではないのだろうが、根性《こんじょう》を見込んでお願いする！」

……その言葉に、肩に感じる手の平《ひら》の圧力に、乱歩の胸に淡い喜びが込み上げる。

桔梗が自分のことを、信頼してくれている——。

妹や社員の命を、預けてくれている——。

「……分かりました！」

深く頷《うなず》き、乱歩は答えた。

「桔梗さんも、どうぞお気を付けて！」

「ああ、ありがとう！」

社員を次々と押し出し、上階へ退避《たいひ》する。最後の一人が階段を上りだしたのを確認《かくにん》してから、乱歩がしんがりとなってそれに続いた。

その時――捜査員が押さえていたビルヂングの扉《とびら》が破られた。

大量の活キ人形が、建物内《ない》になだれ込む。

侵入《しんにゅう》したのは、小型《こがた》活キ人形が多数に中型《ちゅうがた》が十数体《じゅうすうたい》。

一瞬《いっしゅん》で――一階フロアが戦場《せんじょう》と化した。

活キ人形たちは奇声《きせい》を上げ、手近《てぢか》な捜査員にとび掛かり始める。

「――うわあああ！」

「ちくしょう！　誰《だれ》か援護《えんご》を！」

攻撃《こうげき》を受けた者たちから悲鳴《ひめい》が上がった。

後方《こうほう》に待機《たいき》していた捜査員が、彼らを助け出すべく走り出す。

しかし――

「……ようやく出番《でばん》ですのね」

――一階フロア中央。

戦局《せんきょく》の要《かなめ》として控《ひか》えていたサエカは、溜息《ためいき》とともに床面《ゆかめん》から数十センチ浮遊《ふゆう》した。

そして、日傘《ひがさ》を手に持ち——それをくるりと入り口へ向けた。

捜査員《そうさいん》に取りついた活《い》キ人形は重力を倍加《ばいか》させられ、次々と地面に墜落《ついらく》。

「ギィヤアアアア‼」

「ガァッ！ アアアアア！」

押しつぶされ、絶命《ぜつめい》した。

「待ちくたびれましたわよ、人形座《ざ》の皆様《みなさま》」

断末魔《だんまつま》が響《ひび》く中、恍惚《こうこつ》の表情でサエカは微笑《ほほえ》んだ。

「その分きっちり、愉《たの》しませてくださいね？」

その表情に——活キ人形だけでなく捜査員にも戦慄《せんりつ》が広がる。

自分たちが共闘《きょうとう》する相手が悪人《あくにん》であることを——彼らは改めて痛感《つうかん》した。

「——うわあああ！ こっちもだ！ 助けてくれ！」

フロア奥、入り口とは反対から悲鳴が上がった。

見れば、小型《こがた》活キ人形に噛《か》みつかれ捜査員が負傷《ふしょう》している。どうやら、裏口《うらぐち》から侵入《しんにゅう》したらしい。小型に続き、中型《ちゅうがた》活キ人形も続々そちらから湧《わ》き出し始めた。

「ああ、手が掛かりますこと……」

サエカが振り向き、そちらに日傘を向けようとする。

しかし、その直前《ちょくぜん》――

「……ギャッ！」

――何かが弾《はじ》けるように裏口に飛び、小型活キ人形の首が断末魔とともに床に零《こぼ》れ落ちた。

……その切り口は鋭い刃物《はもの》、サーベルによって切断《せつだん》されている。

続いて、辺りを台風《たいふう》のようにサーベルの刃《やいば》が舞う。

時折《ときおり》きらりと光を反射しながら切《き》っ先《さき》が縦横無尽《じゅうおうむじん》に閃《ひらめ》き――活キ人形の首は、一体《いったい》の漏《も》れもなく刎《は》ね落とされた。

――桔梗《ききょう》だ。

桔梗が裏口の活キ人形にとび掛かり、一瞬《いっしゅん》で殲滅《せんめつ》したのだ。

「――巡査部長《じゅんさぶちょう》！」

捜査員たちから声が上がる。

「ありがとうございます！　助かりました！」

「……大丈夫《だいじょうぶ》か？」

攻撃姿勢《こうげきしせい》を解くとサーベルに付いた血を振り、彼女は捜査員に尋《たず》ねた。

「はい！　おかげさまで、命に別条はありません！」

「よかった。だが、足を負傷《ふしょう》しているじゃないか。誰《だれ》か、こいつを最上階《さいじょうかい》へ連れて行ってやってくれ！」

数人の捜査員《そうさいん》が彼に駆《か》け寄り、肩を貸して上階へ向かって行った。

「……まあ、意外《いがい》」

片手間《かたてま》に正面口《ぐち》の活《い》キ人形を押さえながら、その光景《こうけい》にサヱカは驚きの声を上げる
「戦闘《せんとう》には期待《きたい》出来ないと思っていたのですけど、なかなかどうして、やるではありませんか」

「剣術《けんじゅつ》には心得《こころえ》があってな」

なおも裏口《うらぐち》から侵入《しんにゅう》する活キ人形を捌《さば》きながら、桔梗《ききょう》は不敵《ふてき》に笑った。

「普段《ふだん》は人々の避難誘導《ひなんゆうどう》を優先《ゆうせん》しているが、戦闘となれば、軍人《ぐんじん》にも負ける気はしない」

「そうですの、頼もしいことですわ」

「しかし……ここで戦っていても埒《らち》が明かんな」

言って、桔梗は駆《か》け出す。

「私はこの先の裏口で活《い》キ人形を撃退《げきたい》する。建物内《ない》に侵入《しんにゅう》するのを未然《みぜん》に防ぐんだ！　それでも防ぎ切れなかったものは墜落乙女《ついらくおとめ》、君に任せた！」

「仕方《しかた》がありませんわね」

日傘《ひがさ》を一振《ひとふ》りするサヱカ。

五体《ごたい》の活キ人形が、血を噴《ふ》き出し地面に転がる。

「せいぜい奮闘《ふんとう》して、わたくしに手間を掛けないようにしてくださいな」

「……よし、これで大丈夫《だいじょうぶ》です」

四人目の怪我人《けがにん》の手当てを終えると、睡蓮《すいれん》は額《ひたい》の汗《あせ》をぬぐい柔《やわ》らかく微笑《ほほえ》んだ。

「止血《しけつ》もしましたし添《そ》え木も当てました。しばらく安静《あんせい》にしていてください」

それを隣《となり》で補助《ほじょ》しながら、乱歩《らんぽ》は彼女の手際《てぎわ》の良さに内心《ないしん》驚きを覚えていた。

これまで睡蓮には、柔らかで穏《おだ》やかで、どこか緩慢《かんまん》な印象《いんしょう》を持っていた。しかし、彼女が傷口《きずぐち》を洗浄《せんじょう》し、包帯《ほうたい》を巻くその手つきは職人芸《しょくにんげい》を思わせる。そこには一切の妥協《だきょう》も、無駄《むだ》も、油断《ゆだん》もない。

——角筈《つのはず》ビルヂング最上階《さいじょうかい》。

普段《ふだん》は社長専用《せんよう》となっているこの階には、二百人近《ちか》い人々が集まっていた。

いくつもの部屋に分かれ戦闘《せんとう》終了を待つ彼らは、恐怖《きょうふ》に震え身を寄せ合っている。森栖《もりす》警視《けいし》もちゃっかりこの場に潜《もぐ》り込んでおり……社長が座っていたらしい椅子《いす》に腰掛け、イラついた様子《ようす》でふんぞり返っていた。

窓の外を見る。

戦闘開始《かいし》からしばらく。建物は未《いま》だ多数の活《い》キ人形で取り囲まれていた。

「果たして、大丈夫だろうか……」

これほどの活キ人形が同時に現れるのは初めてのことだ。

さすがの墜落乙女《ついらくおとめ》も、この数を完全に御《ぎょ》し切ることは難しいだろう。となると、必然《ひつぜん》的に警視庁《ちょう》との連携《れんけい》が重要となるはずだが……あのサヱカに、誰《だれ》かとの「協力」が出来るとは思えなかった。

——もし、活キ人形がここまでやってきたら。

防衛《ぼうえい》の網《あみ》の目を潜《くぐ》り抜け、この最上階まで来たら。

その時《とき》自分は……それを撃退《げきたい》することが出来るんだろうか。

桔梗《ききょう》の言った通り、皆を守ることが出来るのだろうか。

「——乱歩さん！　次の方の手当てをしましょう！」

……睡蓮の声に、乱歩は頭を振る。

不安に思うよりも、まずは目の前の負傷者《ふしょうしゃ》を助けることに意識《いしき》を注《そそ》ごう。それが今、自分に出来ること、やるべきことであるはずだ。

「はい！　ではそちらの、腕を怪我している方。こちらに来てくださ——」

乱歩が並んでいる捜査員《そうさいん》に声を掛けた——その時だった。

——背後《はいご》で大音響《だいおんきょう》をたて、窓ガラスが割れる。

一瞬《いっしゅん》遅れて、悲鳴《ひめい》と怒声《どせい》が上がる。

「——キャアアアアア！」

「——活キ人形だ！　活キ人形が来たぞ！」

振り返った乱歩の目に入ったのは——ガラス片《へん》の海の中に立つ、中型《ちゅうがた》活キ人形の姿《すがた》だった。

短い混乱《こんらん》の後に――理解した。

――壁を登ってここまで来たのだ。

活《い》キ人形は周囲を見渡すと……間近《まぢか》で腰を抜かしていた女性社員《しゃいん》を見つけ、攻撃姿勢《こうげきしせい》に出る。

――悲鳴《ひめい》が一層《いっそう》大きくなる。

近くにいた男性社員が、目をつぶり視線を背《そむ》けた。

そこからの乱歩《らんぽ》の行動は――半《なか》ば反射的だった。

――まともに戦って、勝てるはずがない。

――力も体重も、相手とは差がありすぎる。

その前提《ぜんてい》で、選んだ攻撃手段《しゅだん》――。

乱歩は活キ人形に向かって駆《か》け出した。

そして、膝《ひざ》を曲げ重心《じゅうしん》を低くすると――

「おりゃああああああ！」

――女性社員に嚙《か》みつく直前《ちょくぜん》、木製《もくせい》のその胸にまっすぐ体当たりした。

ゴッ！　と鈍《にぶ》い音がする。

衝突《しょうとつ》した乱歩の右肩に、鋭い痛みが走る。

全《ぜん》体重を掛けたのだ、骨にひびの一つでも入ったかもしれない。

一瞬隙《いっしゅんすき》が出来たらしい、女性社員が後ずさり活キ人形と距離を取った。

乱歩も両の足に力を入れ、その場で姿勢を持ち直す。

しかし――

「……ナルホド」

――当の活キ人形は、平然とそこに立っていた。

乱歩の体重程度《ていど》では、身をよじらせることすら出来なかったらしい。

「……貴様《きさま》ガ先ニ死ニタイトイウコトカ」

唸《うな》るような声でそう言うと、活キ人形は薄気味《うすきみ》悪い笑い声を上げげ――攻撃の矛先《ほこさき》を、乱歩に向けた。

両手を上げ、乱歩に襲《おそ》い掛かる活キ人形。

背後で睡蓮《すいれん》の悲鳴《ひめい》が上がる。

襲われた女性社員の目が、恐怖《きょうふ》に見開かれる。

誰《だれ》もが乱歩の死を確信《かくしん》した――しかしその時。

乱歩はすばやく手を伸ばし――活キ人形の着物《きもの》をつかむ。

そして――膝《ひざ》を曲げて腰を落とすと、背中に活キ人形を背負い上げ、

「――ハッ！」

肩越《かたご》しに、割れた窓の向こうに投げつけた。

――背負い投げ。

活《い》キ人形に、柔術《じゅうじゅつ》で応戦《おうせん》したのだ。

乱歩《らんぽ》の手が離れ、活キ人形は中空《ちゅうくう》に放り出される。

「――ウォアアアアア！」

その体はそのまま放物線《ほうぶつせん》を描いて落下《らっか》し――鈍い音を立てて動かなくなった。

……間違いない。絶命《ぜつめい》したらしい。

「……乱歩さん！」

泣き出しそうな顔で、睡蓮《すいれん》が駆《か》け寄ってくる。

「大丈夫《だいじょうぶ》ですか⁉　お怪我《けが》はありませんか⁉」

「は、はい、大丈夫です……」

言いながら、今更《いまさら》になって自分がずいぶんと無茶《むちゃ》をしたことに気が付く。

丸腰《まるごし》で活キ人形に立ち向かうなんて――無傷《むきず》で済んだのが奇跡《きせき》のようだ。

「よかった……よかったです……」

微笑《ほほえ》むと、睡蓮はぽろぽろと涙を零《こぼ》し始めた。

「僕も自分でも驚いています。実業《じつぎょう》学校で柔術を習っておいてよかった……」

もう一度、窓から外を確認《かくにん》する。

どうやら、先ほどの活キ人形のように壁を登ってくるものはいないようだ。

怪我人《にん》の報告によれば一階の戦況《せんきょう》もこちらが優勢《ゆうせい》なようだし――このままなら、なんとかこの戦いをしのぐことが出来そうだ……。

しかし――その時《とき》乱歩は見た。

――「黒いローブの男」が、窓の向こうを落下していくのを。


――激しい音とともに、正面《しょうめん》入り口の壁面《へきめん》が吹き飛ばされる。

衝撃《しょうげき》に、付近の警官《けいかん》と活キ人形が弾《はじ》け飛ぶ。

フロア中央。殺戮《さつりく》を繰り返していたサヱカはそちらに視線をやり、

「――まあ」

思わず歓喜《かんき》の声を漏《も》らした。

立ち込める砂埃《すなぼこり》。

崩《くず》れ落ちた瓦礫《がれき》の中に立っていたのは――

「……お久しぶりじゃありませんの」

――御茶《おちゃ》ノ水《みず》での戦闘《せんとう》以降《いこう》、姿《すがた》を見せていなかった人形座《ざ》座長《ざちょう》だった。

日傘《ひがさ》を一振《ひとふ》りし、周囲の活キ人形にとどめを刺してから、サヱカは彼の方にゆっくりと歩いていく。

「このところ、一体どうしてらしたの？　わたくし、ずっとお会いしたかったんですのよ。あんな中途半端《ちゅうとはんぱ》な幕切《まくぎ》れでは、納得《なっとく》いかなくて」

——座長《ざちょう》は微動《びどう》だにしないまま、サヱカの姿《すがた》をじっと見ている。

「でもこれで、ようやく決着《けっちゃく》をつけることが出来ますわね。座長様も、そのためにここにいらしたのでしょう？」

と、ふと気付いたように、サヱカは周囲を見渡した。

サーベルを握った比較的軽傷《ひかくてきけいしょう》の警官《けいかん》が、今もここには数十人いる。

「ああ、警視庁《けいしちょう》の皆さん、上階に逃げたほうがいいですわよ。ここにいればおそらく……肉片《にくへん》一つも残りませんわ」

……忠告《ちゅうこく》のようなその台詞《せりふ》は、その実《じつ》全く別の意味を持って警官たちに届いた。

——邪魔《じゃま》だから、どこかへ行け。

彼らは速《すみ》やかに上階へ移動し始める。怖気《おじけ》づいた、という以上に、実際ここにいれば彼女の邪魔になることは明白だった。

先ほどまで戦闘《せんとう》していた活キ人形たちもあとを追うが、サヱカはそれを気に掛けることなく、

「では——始めましょうか、座長様《さま》」

そう言って——日傘《ひがさ》を座長に向けた。

「今回は——最後までお付き合いいただかなければ、承知《しょうち》いたしませんわ」

瞬間《しゅんかん》——座長は弾《はじ》けるように地面を蹴《け》った。

踏み込まれた大理石《だいりせき》にひびが入る。

縮まる彼我《ひが》の距離。

襲《おそ》い掛かる猛獣《もうじゅう》に狙《ねら》いを定めるようにして、サヱカは重力倍加《ばいか》の魔術《まじゅつ》を放った。

しかし、座長は壁を蹴り、天井《てんじょう》を走るようにしてそれをかわし、一気にサヱカに肉薄《にくはく》した。

「……ちっ！」

サヱカは大理石の床に日傘を向け、破砕《はさい》してその破片《はへん》を中空《ちゅうくう》に浮かべる。即席《そくせき》の防御壁《ぼうぎょへき》だ。

だが、それすらも座長には障害《しょうがい》にならないのだろう、拳《こぶし》ひとつでそれを打ち破ると——座長はサヱカに向かって回し蹴りを放った。

上半身《じょうはんしん》を反《そ》らし、ギリギリのところで直撃《ちょくげき》を免《まぬが》れるサヱカ。かすりもしないのに鎌鼬《かまいたち》に近い風圧《ふうあつ》を頬《ほお》で感じる。

彼女は一旦退《いったんしりぞ》き、十分に座長との距離を取ってから、

「……やはり屋内は、少々不利《ふり》ですわね」

憎々《にくにく》しげに天井を見上げ、そう呟《つぶや》いた。

「出来れば普段《ふだん》通りに、座長様を踏みつけにして差し上げたいのですけれど」

——サヱカが得意とするのは、自らの体を敵に向けて墜落《ついらく》させる戦法《せんぽう》だ。

重力操作《じゅうりょくそうさ》で取ることが出来る戦法は非常に幅広いが、その重みを把握《はあく》している分自らの身体《からだ》は武器《ぶき》にしやすい。

だが——今回の戦闘スペースは非常に限られている。

となると、それ以外の戦術《せんじゅつ》を取ることになる。

サヱカは周囲の瓦礫《がれき》を宙《ちゅう》に浮かべると――それを座長《ざちょう》へ向けて発射《はっしゃ》した。

それらは無数《むすう》の「弾丸《だんがん》」となり、座長に襲《おそ》い掛かる。

――彼女が重力《じゅうりょく》によって武器《ぶき》に出来るのは、自らの体だけではない。

幸い、辺りには瓦礫が無数に散らばっている。うまく使えば、その一つ一つが彼女の武器となるのだ。

特に、今回のような弾幕《だんまく》を構成《こうせい》すれば、さすがの座長も回避《かいひ》は出来まい。

サヱカはそう読んだのだが――

「なっ……」

――しかし、座長はそれらをかわし、防ぎ、撃墜《げきつい》しながらサヱカに肉薄《にくはく》する。

常軌《じょうき》を逸《いっ》したその動きに、サヱカも驚きの声を上げた。

またも繰り返される回し蹴《げ》りを、サヱカは再度《さいど》ギリギリでかわした。しかし、つま先と頬《ほお》の距離は――先ほどよりもずいぶん詰められていた。

「このままでは、追い込まれる一方ですわね……」

攻防《こうぼう》が反復《はんぷく》される。

そのたびに、座長の攻撃《こうげき》はサヱカに着実《ちゃくじつ》に近づいていく。

だというのにサヱカは――有効な一撃《いちげき》を繰り出すことが出来ない。

そしてついに――

「……つっ！」

――座長が繰り出した右足、そのつま先がサヱカの頬をかすめた。

反《はん》重力で再度彼我《ひが》の距離を取り……サヱカは恐《おそ》る恐る、頬に手を当てる。

――真《ま》っ赤《か》な血が、指にぬらりと広がった。

「……ああ」

サヱカは声を漏《も》らした。

「なるほど……。もうこれ以上、同じことは繰り返せないと……」

離れた位置で、座長は戦闘姿勢《せんとうしせい》のままサヱカの様子《ようす》を窺《うかが》っている。

「……方針転換《ほうしんてんかん》をしましょうか。何かを気にしつつ戦う、というのは、やはり好《す》きませんし」

――サヱカの体が宙に浮かぶ。

ゆっくりと彼女は上昇《じょうしょう》し、それに合わせて――頭上《ずじょう》の天井《てんじょう》が崩落《ほうらく》、二階部分《ぶぶん》に通ずる穴がぽかりと開いた。

「ここからは、『好き勝手《かって》』に戦わせていただきますわ」

言うと――彼女はこれまでの「制限《せいげん》」を取り払い、戦闘を始めた。

――座長の登場により、乱歩《らんぽ》たちのいるフロアの様相《ようそう》も一変《いっぺん》した。

それまで軽傷《けいしょう》の警官《けいかん》ばかりが連れてこられていたが、今や睡蓮《すいれん》の周りは致命傷《ちめいしょう》を受けた者だらけ。彼女の治療《ちりょう》は負傷者《ふしょうしゃ》の増加に追い付かず、医療品《いりょうひん》も底をつき始めている。

——ここまでの戦闘《せんとう》では、墜落乙女《ついらくおとめ》がことごとく活キ人形を駆逐《くちく》していた。

警官はあくまで活キ人形の足止めを担当《たんとう》し、とどめを刺していたのはサヱカだったのだ。

しかし、今《いま》彼女は座長《ざちょう》との戦闘にかかりっきりだ。すると自然、警官隊《たい》が活キ人形を駆逐せねばならなくなる。

結果……警官隊は甚大《じんだい》な被害《ひがい》を出し続けながら、なんとか侵入《しんにゅう》をギリギリのところで防いでいる状況だ。現在も、階下《かいか》からは彼らが活キ人形と戦う壮絶《そうぜつ》な音が聞こえる。

それを耳にしながら——乱歩は焼けつきそうな焦燥感《しょうそうかん》に駆《か》られていた。

戦闘にも治療にも参加《さんか》出来ない自分がもどかしい。何か……自分に何か出来ることはないのだろうか……。

「……ん？」

ふと彼は、聞こえる戦闘の音に、不穏《ふおん》な異音《いおん》が混じっていることに気が付く。

岩や木製《もくせい》の板でも砕《くだ》くような、鈍く低い音。

さらに、何故《なぜ》だろう。建物《たてもの》自体が、時々震《ふる》えるように振動《しんどう》する。

床面《ゆかめん》だけではない。柱《はしら》や壁面《へきめん》を含め、建物全体《ぜんたい》の小刻《こきざ》みな震え……。

「……もしかして」

彼の脳裏《のうり》に――悪い予感《よかん》がよぎる。

低い破壊音《はかいおん》に、振動する建物。

そして――人形座《ざ》座長と一階で交戦《こうせん》する、墜落乙女。

まさかサヱカは――。

「――避難《ひなん》しましょう！」

何かに弾《はじ》かれるように、乱歩《らんぽ》はそう叫んだ。

「ここにいてはいけない。きっと――建物が崩《くず》れてしまう！」

サヱカは恐らく――全力《ぜんりょく》をもって戦闘に臨《のぞ》んでいる。

それこそ――ビルヂングの基礎構造《きそこうぞう》である、柱や壁面を破壊しながら。

先ほどの異音《いおん》は、彼女が建物を破壊している音なのだ。そして小刻みな振動も、その衝撃《しょうげき》によるもの……。

だとしたら……遠からず、この建物は倒壊《とうかい》してしまう。

「建物が崩れる!?　どういうことだ！」

いら立ちを深めていた警視《けいし》が、怒鳴《どな》りつけるように問う。

「分かるように説明しろ！」

「――僕はずっと、墜落乙女の戦闘を観察してきました！」

怒鳴り返すようにして、乱歩は言った。

「彼女の戦いには、広い空間が必要になる！　しかし、屋内ではその空間が確保《かくほ》出来ないのです！　戦況《せんきょう》が逼迫《ひっぱく》すれば、彼女は間違いなく力ずくで空間を確保するでしょう。それこそ――建物を破壊《はかい》してでも。ですから、怪我人《けがにん》を連れて一刻《いっこく》も早くここを出ないと！　基礎構造《こうぞう》を傷つけられた建物は、自重《じじゅう》に耐え切れず倒壊《とうかい》する可能性《せい》があるんです！」

「だが、どう逃げるというんだ⁉」

警視《けいし》の口調《くちょう》は、もはや食って掛かるようなものになっていた。

「階下《かいか》は戦場《せんじょう》と化してる！　一階だって、きっともっと酷《ひど》い有様《ありさま》だ！　そんな中、どうやって通り抜けるっていうんだ！」

――そこが問題だった。

これだけの人数《にんずう》を連れて移動するのだ。見つからないようにこっそりと、という訳《わけ》にもいかないだろう。活《い》キ人形に見つかってしまえば、大量の犠牲者《ぎせいしゃ》が出るのは間違いない。

このまま建物の崩落《ほうらく》を待つよりはいいだろうが……それでも……。

――その時だった。

「……抜け道がある」

弱々しい声が、社員の中から上がった。

「……この階から、地下の武器庫《ぶきこ》へ抜ける隠《かく》し階段があるんだ」

小さく手を上げ、そう説明するのは――一階本部《ほんぶ》に連行《れんこう》されていた、角筈物産《つのはずぶっさん》社長だった。

白いひげを震わせ、白状《はくじょう》するように社長は説明する。

「何かあった時のためにこさえたものだが、そこが無事《ぶじ》であれば全員避難《ひなん》出来るだろう。地下倉庫《そうこ》も、建物とは別の場所に出口が設けてある……。良ければ使ってくれ……」

「……情報ありがとうございます」

乱歩《らんぽ》は顔を上げると、部屋中の全員《ぜんいん》に宣言《せんげん》するように言った。

「では――これから避難を開始しましょう！　女性や怪我をして歩けない人が近くにいる場合は、協力し合うようお願いします！」


「――これで最後ですか！」

負傷《ふしょう》した最後の警官《けいかん》が地下通路《つうろ》から出たところで、乱歩は彼に確認《かくにん》する。

「社員、怪我人、戦っていた警官の皆さん、全員出《で》ましたか⁉」

「大丈夫《だいじょうぶ》だ！」

左足を引きずりつつ、青年《せいねん》警官は乱歩にそう報告した。

「生きていたものは、全員抜《ぬ》け出した！　うまく通路の扉《とびら》もふさいだから、建物内《ない》の活キ人形も追ってこられないはずだ！」

「ありがとうございます……！」

礼《れい》を言い、乱歩はビルヂングを見上げた。

その外観《がいかん》は、穴が開き、ひびが入り、一部壁面《へきめん》は崩壊《ほうかい》し——既《すで》に半壊《はんかい》状態にあった。

そして、次の瞬間《しゅんかん》——。

地鳴《じな》りのような低い音が響《ひび》き——まるで砂の城《しろ》が壊《こわ》れるように。

積み木の家が崩《くず》れるようにして——ビルヂングは崩壊していった。

凄《すさ》まじい破《は》壊音《かいおん》が辺りに響き、大量の砂埃《すなぼこり》が舞い上がる。乱歩たちの周囲に、奇妙《きみょう》なつむじ風が巻き起こる。隣《となり》に立つ睡蓮《すいれん》は、小さく悲鳴《ひめい》を上げた。

しかし——うまく真下《ました》に、つぶれるように倒壊《とうかい》してくれたらしい。周囲の建物や人々に、被《ひ》害《がい》は出ていないようだ。

——戦闘《せんとう》は、どうなったのだろう。

ひとまず命の心配がなくなり、そんな疑問が乱歩《らんぽ》の脳裏《のうり》に強くよぎる。

——サヱカは無事《ぶじ》だろうか。座長《ざちょう》を倒すことが出来たのだろうか。

——桔梗《ききょう》の姿《すがた》だって見当たらない。どこにいるのだろう。

「……ここは頼みます！」

睡蓮にそう告げると乱歩は瓦礫《がれき》の方に走り出した。

——もしも彼女たちが座長に倒されていたら。

——あの瓦礫の中で命を落としていたら。

そう思うと、乱歩の気持ちは酷《ひど》く粟立《あわだ》った。桔梗に関してはまだしも——サヱカのことは、未《いま》だよく分かっていないというのに。

建物まであと少し、というところまでたどり着いた。

その時――

「……乱歩さん」

――上空から、そう声を掛けられる。

顔を上げると、ドレスが所々裂《さ》け、頬《ほお》からは血を流したサヱカがこちらを見下《みお》ろしていた。

「生き延《の》びましたの？　案外《あんがい》しぶといようですわね」

……どうやら無事《ぶじ》、生還《せいかん》したらしい。

安堵《あんど》を噛《か》み殺しつつ、

「ああ、しぶとくなきゃ記者なんてやってられないさ」

乱歩は軽口《かるくち》を叩《たた》き返した。素直に喜ぶのは、癪《しゃく》に障《さわ》る気がして。

彼女は地上に降り、服装《ふくそう》をモダンガールファッションに切り替えると、

「またも座長を、逃がしました……」

憎々《にくにく》しげに言って、瓦礫の方を振り返った。

「……逃がした？」

「ええ、建物が倒壊する直前《ちょくぜん》に、急に踵《きびす》を返して逃げて行きましたわ。本当に、我慢《がまん》なりません……。今回は、最後まで戦えると思いましたのに。わたくしを倒さないのなら、一体《いったい》座長

様《さま》は何のために出てきたというのかしら……」

「……確かに、それは気になるところだな」

同意《どうい》し、乱歩《らんぽ》は考える。

座長《ざちょう》の目的は、何なのだろう。そしてそもそも——この戦いは何だったのだろう。

墜落乙女《ついらくおとめ》と警視庁《けいしちょう》が共同《きょうどう》で行動している時に掛けられた——人形座《ざ》による強襲《きょうしゅう》。

その規模《きぼ》は前代未聞《ぜんだいみもん》の大きさだったし、座長まで現場《げんば》に現れた。

これではまるで——警視庁と墜落乙女を一網打尽《いちもうだじん》にすることを狙《ねら》ったようではないか。

——これまで人形座は、「その場に行き当たった帝都民《ていとみん》」を襲撃《しゅうげき》していた。

犯行声明《はんこうせいめい》にあった犯行動機《どうき》も「帝都を混乱に陥《おとしい》れる」というものだったし、実際、襲《おそ》う相手は誰《だれ》でもよかったのだろう。

ただ——今回は、明白《めいはく》に自分たちをその対象《たいしょう》としているようで。

彼らの目標《もくひょう》が自分たちに向けられた気がして。乱歩はその背中に薄《うす》ら寒いものを覚えた。

……いや、今はそんなことを考えている場合ではない。

もう一つ、一刻《いっこく》も早く確認《かくにん》したいことがある。

「——桔梗《ききょう》さんが」

乱歩は一度《いちど》頭を切り替え、サエカに尋《たず》ねる。

「桔梗さんがどこにいるか知らないか？　まさか、倒壊《とうかい》に巻き込まれたということはないだろうが……姿《すがた》が見当たらないんだ」

てっきり、サエカと桔梗は同じ場所にいるのだとばかり思っていた。この場にいないとなれば、一体《いったい》彼女はどこへ行ってしまったのだろう……。

「ああ、彼女なら、ずっと裏口《うらぐち》で戦っていたのですわ」

「……そう、なのか？」

その言葉に、引っ掛かりを覚えながら乱歩は尋《たず》ねる。

「戦闘《せんとう》の間中《あいだじゅう》、ずっと？」

「ええ、ずいぶん姿《すがた》が見えないので、どれだけ必死《ひっし》に戦っているのだろうと思っていたのですけれど……先ほど瓦礫《がれき》を抜ける時に、その姿を見かけましたわ。それでようやく――何をそんなに手間取《てま》っていたのかが分かりました。十分な釣果《ちょうか》は手に入れたようです」

「……釣果？」

何だろう……。彼女は一体、何を手に入れたというのだろう。

ちょうどその時、

「――おーい、賜ヒ野《たまの》！」

背後から、桔梗の声が聞こえる。

振り返ると――瓦礫の向こうから、桔梗がやってきた。

その制服《せいふく》はボロボロ。ところどころ穴が開き素肌《すはだ》がのぞいている。しかし埃《ほこり》で汚れたその顔には、笑《え》みが浮かんでいた。

そして、彼女の手には――

「――ちょっとした土産《みやげ》を、持ってきてやったぞ！」

――ぐったりした小型活《こがたい》キ人形が、吊《つ》るされていた。


「どうしても、一体生け捕《いど》りにしたかったんだ」

睡蓮《すいれん》やその他警官隊《けいかんたい》と合流したのち。桔梗《ききょう》はそう言って自慢《じまん》げに微笑《ほほえ》む。

「角筈財閥《つのはずざいばつ》が人形座《ざ》と関係ないのは間違いなさそうだった。とはいえ、今回の強制捜査《きょうせいそうさ》で何かしらの実績《じっせき》は残したかったからな……。となると、せっかく自ら出向いてくれた活キ人形たちを、みすみす逃《のが》す訳《わけ》にはいかんなと思ったんだ」

「なるほど」

転んでもただでは起きない、とはこのことだ。

これまで活キ人形の残骸《ざんがい》は入手《にゅうしゅ》されていたが、生け捕りにされたのは初めてのことになる。きっと捜査にとって大きな手掛かりになるだろう。

「まあ、ビルヂングが倒壊《とうかい》したのは……どうしても責任《せきにん》問題になってくるだろうが、座長《ざちょう》が登場したことを説明すれば納得《なっとく》はしてもらえると思う。被害者《ひがいしゃ》も最小限《さいしょうげん》に抑えることが出来たし、損得《そんとく》でいえば、決して大損《おおぞん》にはなっていないはずだ」

——と、それまで黙《だま》っていたサヱカが、

「……まあ、御髪《おぐし》が」

そう言って、桔梗の髪《かみ》を手に取った。

「先の方、少しだけ焦《こ》げてしまっていますわ」

「……ああ、本当だな」

毛先《けさき》を手に取り、桔梗は苦笑《にがわら》いする。

「激しい戦闘《せんとう》だったから、仕方がない。しかしこうなると、バッサリ切ってしまった方がいいかもしれないな。戦闘の邪魔《じゃま》になりかねない」

その台詞《せりふ》に、髪を観察《かんさつ》していたサヱカは——

「……それはもったいないことですわ」

——そんなことを、言い出した。

「……え？」

桔梗は目を丸くする。

「ずいぶんと、きれいな髪ですから。本当に、忌々《いまいま》しいほどに。女性であるなら、切ってしまうのはもったいないと思います」

……その場の誰《だれ》もが、サヱカの言葉に驚いた。

墜落乙女《ついらくおとめ》が。

あの悪人《あくにん》が。

桔梗《ききょう》の髪《かみ》を評価《ひょうか》し、素直な感想を述べた。

「……ありがとう」

桔梗はそう言い、にこりと微笑《ほほえ》む。

その笑《え》みは——まるで女《おんな》友達と会話でもしている時のような、穏《おだ》やかなものだった。

「君の髪だって、とてもきれいではないか」

「もちろんですわ。手入れには、気を遣《つか》っておりますもの」

——その光景《こうけい》に、乱歩《らんぽ》は不思議《ふしぎ》な感覚を覚えていた。

少しずつ——サヱカの態度も軟化《なんか》しているのかもしれない。

最初はひたすら相手を拒絶《きょぜつ》していた。露悪《ろあく》的な言動《げんどう》を繰り返し距離を取ろうとし続けていた。

それでも、今回の戦いを経て……お互いを認め合うようになり始めたのかもしれない。

「……なんですの？」

視線に気付いたらしい。サヱカは首を傾《かし》げた。

乱歩はそれに、

「……何んでも無い」

とだけ答えて、深く息を吐いた。

第三幕

137

FALLEN MAIDEN
GENOCIDE

presented by
MISAKI SAGINOMIYA
illustration
NOCO

「――以上の功績《こうせき》をもって、本日付《ほんじつづけ》で、賜《たま》ヒ野《の》乱歩《らんぽ》君《くん》を主任《しゅにん》記者に昇格《しょうかく》とする」

朝礼《ちょうれい》の最終盤《さいしゅうばん》。

東条《とうじょう》がそう言い、記者室内《ない》は拍手《はくしゅ》の音に包まれた。

「では賜ヒ野君、何か一言《ひとこと》、挨拶《あいさつ》を」

「はい」

一歩前に出ると、乱歩は居並《いなら》ぶ記者を見渡し、手短《てみじか》に挨拶を述べ始めた。

「おはようございます。この度《たび》、主任記者に任命《にんめい》いただきました、賜ヒ野です……」

――乱歩が書いた角筈《つのはず》ビルヂング事件の記事《きじ》は、帝都《ていと》内《ない》で一大旋風《せんぷう》を巻き起こした。

あれだけの大《だい》事件の現場《げんば》に、乱歩は最初から最後まで居合《いあ》わせたのだ。その情報量《りょう》は他紙《たし》を圧倒《あっとう》して余りあるものだったし、「警察《けいさつ》の動きを察知《さっち》し、強制捜査《きょうせいそうさ》に同行《どうこう》した」賜ヒ野乱歩の名は、敏腕《びんわん》記者として帝都内《ない》に知れ渡った。

これを機《き》に、帝都日日雑報《にちにちざつぽう》の売り上げは、大手《おおて》三紙と呼ばれる「書賈《かきうり》新聞」「時事《じじ》報社《ほうしゃ》」「毎《まい》朝國報《あさこくほう》」と並びうるものとなった。実質《じっしつ》、「大手」の仲間入りを果たしたと言っても過言《かごん》ではないのだろう。そしてそれを一人で成し遂《と》げた乱歩が昇格をするのは、半《なか》ば当然のことだった。

「……えー、知っての通り、賜ヒ野君が担当する『人形座《ざ》事件』は、今もって解決の糸口《いとぐち》が見えていない」

挨拶を終えた乱歩に続き、東条が話を引き継《つ》ぐ。

「犯行声明《はんこうせいめい》は未《いま》だ届いているし、謎《なぞ》は深まるばかりだ。ということで——これからも、一層《いっそう》の活躍《かつやく》に期待しているぞ、賜ヒ野君！」

乱歩の背中を叩《たた》き、東条は満足そうに笑った。

「諸君《しょくん》らも、賜ヒ野君に負けぬよう日々研鑽《けんさん》に励んでくれ！　以上だ！」

「はぁ～。これではっきり差をつけられちまったな」

自席《じせき》に戻ったところで、隣《となり》の席から臼杵《うすき》に声をかけられた。

「今やお前はちょっとした有名人。賃金《ちんぎん》だって相当上がるんだろう？　同期《どうき》としちゃあ誇らしくもあるが、こりゃ飯《めし》の一度や二度くらいおごってもらいたいもんだなー」

からりと明るい声で言う臼杵に、

「ああ、それは是非《ぜひ》、おごらせてもらうよ」

笑顔で頷《うなず》き、乱歩は少々声を潜《ひそ》めた。

「君にはずいぶん、助けられているようだしな」

——記者室《しつ》には現在も、乱歩の突然の躍進《やくしん》に疑問を持つ者が幾人《いくにん》もいる。数《すう》週間で記事の質が飛躍的《ひやくてき》に向上《こうじょう》し、ついには昇格まで成し遂《と》げたのだ。それも無理《むり》からぬことだろう。

乱歩としても、彼らに秘密《ひみつ》を作るのは心苦しかった。それでも……まだ墜落乙女《ついらくおとめ》との契約《けいやく》のことは、明かすことが出来ない。

だからこそ、彼らの疑問をうまく散らしてくれている臼杵《うすき》には、きちんと感謝《かんしゃ》の意を示しておきたいところだった。

「じゃあそうだな……銀座《ぎんざ》辺りで、旨《うま》いものを頼む！」

「分かった、そうさせてもらうよ」

「お、気前《きまえ》がいいねえそうこなくっちゃ！　……そうそう、気前がいいついでにちょっと訊《き》きたいんだが……」

言うと、臼杵は声を潜《ひそ》め、探るように尋《たず》ねる。

「人形座《ざ》事件の担当刑事《けいじ》……女性で、美人って噂《うわさ》なんだが、本当か……？」

「……ああ……そうだね」

彼女の顔を思い浮かべ、乱歩《らんぽ》は頷《うなず》いた。

確かに、巡査部長《じゅんさぶちょう》としての有能《ゆうのう》さばかりに気を取られていたが、桔梗《ききょう》はかなりの美人だ。凛々《りり》しい眉《まゆ》に筋《すじ》の通った鼻、強い意志《いし》を感じさせつつも涼《すず》しげな瞳《ひとみ》は、一部の男性からは熱烈《ねつれつ》な評価《ひょうか》を受けるだろう。

実際、警視庁《けいしちょう》内にも何人か信奉者《しんぽうしゃ》がいるらしいし、時おり他紙《たし》でもその美貌《びぼう》は取り上げられている。

「やはりそうなのか……」

ゆっくりと顎《あご》を撫《な》で、目をすがめる臼杵。

そして彼は、

「昇進《しょうしん》した上に美女とのつながりまで作るとは……。こいつはちょっと、許せんなあ……」

意味ありげな視線を乱歩に向け、そんなことを言い出した。

「……ん？　許せん？」

「ううむ、ううむ……やはりどう考えても許せんなあ……。幸せの独り占《ひとじ》めとは、どういう了見《りょうけん》なのだろう。せめておすそ分けをして然《しか》るべきなんじゃないかと思うんだがなあ……」

ようやく意味を理解し……乱歩は思わず吹き出した。

「分かった分かった」

言いながら、背もたれに体重を預ける。

「お望みとあらば、今度紹介《しょうかい》するよ。もちろん、先方《せんぽう》の了承《りょうしょう》が取れればだけどな」

「……おお、さすが主任《しゅにん》記者！」

表情をころりと変え、臼杵は柏手《かしわで》を打った。

「頼りになるぜ！」

「まあ、相手はなかなかの強者《つわもの》だ。会うことになっても、心して掛かれよ」

「構わんさ。強い女性は好みだ。で、いつ紹介してもらえる？　俺《おれ》の方は、今夜でもいつでも構わんのだが」

「今夜とは、ずいぶんな食いつきようだな……。しかしダメなんだ、今夜はちょっと、僕の方で彼女と用事があってね」

「そうなのか。また打ち合わせか何かか？」

「いや、今日《きょう》は彼女の家に招かれているんだよ。一緒《いっしょ》に食事をするんだ」

「……」

その言葉に、臼杵《うすき》は目を見開いた。

「なんだ、お前……もう既《すで》に、刑事《けいじ》と懇《ねん》ろなのか」

「……まさか！」

予想外《がい》の勘繰《かんぐ》りに、乱歩《らんぽ》は思わず笑ってしまった。

「僕の昇進《しょうしん》を祝ってくれるらしいんだ。ただそれだけのことだよ」

しかし臼杵は、さらに怪訝《けげん》な表情になり――

「……それを懇ろな仲、っていうんじゃないのか？」

＊

桔梗《ききょう》に教えられた、高田町目白《たかだちょうめじろ》の住所付近《ふきん》。

彼女たちの家を探して、乱歩は通りを歩いていた。

……確か、火《ひ》ノ星《ほし》姉妹は親元《おやもと》を離れ、姉妹二人《ふたり》で暮らしていたはずだ。

若い女性の二人暮らし、というのはずいぶんと珍《めずら》しいが、一体どのような家に住んでいるのだろう。知人《ちじん》の家に間借《まが》りしているのだろうか？　あるいは、寮《りょう》のような建物で他の集団と共に暮らしているとか？

——などと考えていて、「火ノ星」と書かれた表札《ひょうさつ》を見つけた。

乱歩はあんぐり口を開け、思わずその邸宅《ていたく》の前に立ち尽くした。

「……これは」

——煉瓦《れんが》造りの重厚《じゅうこう》な外観《がいかん》。

——手入れの行き届いた庭園に、広い敷地《しきち》。

明らかに、裕福《ゆうふく》な家庭の屋敷《やしき》が——そこにあった。

……なんだこれは？　なぜこんな邸宅に、桔梗たちは住んでいる？

一瞬《いっしゅん》、家を間違えたのかと思ったが、改めて確認《かくにん》した表札にはやはり「火ノ星」と書かれている。

……実家が裕福なのだろうか？　この建物は、両親が上京《じょうきょう》した娘《むすめ》に用意した、だとか。

……いや、ご両親は「地方で警察官《けいさつかん》をしている」と言っていたような記憶《きおく》がある。普通の警官の娘が、こんな家をあてがわれることはないだろう。

考えてみれば、これまで自分は彼女たちのプライベートに触れたことがほとんどない。ご両親の話だって、何かのきっかけに短く教えられただけだ。

今夜は、これまでの生《お》い立ちなどを聴《き》いてみたいところだ……。

そんな風《ふう》に思いながら、乱歩《らんぽ》は屋敷《やしき》の門をくぐった。


「ようこそ我が家へ！」

屋敷内《ない》。広々とした玄関《げんかん》ホールにて。

桔梗《ききょう》はそう言い、微笑《ほほえ》みながら乱歩に歩み寄る。

「主任《しゅにん》記者への昇格《しょうかく》おめでとう。今日《きょう》は存分《ぞんぶん》に、愉《たの》しんでいってくれ」

しかし乱歩は――彼女の姿《すがた》に本日《ほんじつ》二度目の衝撃《しょうげき》を受け、口ごもってしまった。

目の前で朗《ほが》らかに微笑む桔梗は――普段《ふだん》着ている警視庁《けいしちょう》の制服《せいふく》ではなく、純白《じゅんぱく》のドレスを身にまとっているのだ。

アップにした髪《かみ》と、その下に覗《のぞ》くうなじが健康的ながらも艶《なま》めかしい。

うっすらとされた化粧《けしょう》も相まって、彼女は一国《いっこく》の姫君《ひめぎみ》もかくやという輝きを放っていた。

「……どうした？　変な顔をして」

「あ、いえ、すみません……」

怪訝《けげん》そうな桔梗に、乱歩は我に返り答える。

「その……桔梗さん、見慣《みな》れない格好《かっこう》だったので、驚きまして」

これまで彼女は、あまり自分の見た目に頓着《とんちゃく》する様子《ようす》を見せたことがなかった。それが突然、

こんなにも華《はな》やかな格好《かっこう》で登場したものだから……どうしたって狼狽《うろた》えてしまう。

「せっかくの昇格祝《しょうかくいわ》いだからな。今日《きょう》くらいはおめかしをしなければ、もったいないだろう」

「そういうことですか……。ありがとうございます」

考えてみれば……彼女に比べて自分は酷《ひど》くみすぼらしい格好だ。

よれたシャツに汚《よご》れた袷《あわせ》を重ね、袴《はかま》は穴が開く寸前《すんぜん》。足元《あしもと》の下駄《げた》は今にもすり切れそうだ。

こんな姿《すがた》で桔梗に相対《あいたい》するのは、それだけで無礼《ぶれい》というものだろう。せめてもう少し、身だしなみに気を配るべきだった……。

「乱歩《らんぽ》さん、いらっしゃったのですね……」

続いて玄関《げんかん》ホールに現れたのは……水色《みずいろ》のドレスをまとった睡蓮《すいれん》だった。

その黒髪《くろかみ》は普段《ふだん》より細やかにまとめられ、彼女特有《とくゆう》の穏《おだ》やかさが女性らしい色気《いろけ》に昇華《しょうか》している。姉とは違う雰囲気《ふんいき》を放っているものの、その姿はまるで「妖精《ようせい》」のようで、平素《へいそ》との落差《らくさ》に乱歩はくらっとしてしまった。

「すみません、このような場を用意していただいて……本当に光栄《こうえい》です」

「何をおっしゃいますやら……あなた様は、私の命の恩人《おんじん》なのですから……」

言って、睡蓮は微笑《ほほえ》み視線を落とした。

——角筈《つのはず》ビルヂングの一件《いっけん》に関して、睡蓮は随分《ずいぶん》と乱歩に感謝《かんしゃ》しているようだった。確かに、あの時《とき》乱歩がいなければ、彼女は崩《くず》れゆくビルの中に取り残されていたのかもしれない。

ただ、それを真正面《ましょうめん》から誇るのも無粋《ぶすい》な気がして、

「いえいえ、あれは自分に出来ることを、精一杯《せいいっぱい》やったまでですから……」

出来る限り紳士《しんし》的な返答をしておいた。

——しかし、と。改めて二人の服装《ふくそう》を眺《なが》めながら、乱歩は溜息《ためいき》を漏《も》らしそうになる。

桔梗も睡蓮も、本当に煌《きら》びやかな装《よそお》いだ。

おそらく、見目麗《みめうるわ》しいだけでなく仕立《した》てもいい高級ドレスなのだろう。

この屋敷《やしき》にしろ着ているものにしろ……彼女たちは一体、どうやってそれらを手に入れたのだろうか……。

「——あら、随分《ずいぶん》と鼻の下を伸ばして」

——冷え切った声が、屋敷奥《おく》から聞こえた。

サヱカの声だ。どうやら、自分より先に到着《とうちゃく》していたらしい。

「男というのは、実に分かりやすい生き物ですわ」

酷《ひど》い勘繰《かんぐ》りに言い返してやろうと、乱歩は視線をそちらに向けた。

しかし——

「……」

——彼女の姿を目にし、乱歩は完全に言葉を失った。

サヱカは艶《あで》やかな黒い振袖《ふりそで》に身を包み、そこに立っていたのだ。

紅《あか》い格子《こうし》模様《もよう》に白い胡蝶蘭《こちょうらん》があしらわれたそれは、華《はな》やかながらも実に上品《じょうひん》だ。髪《かみ》に挿《さ》されたかんざしも、彼女の艶々《つやつや》の黒髪《くろかみ》によく映えていた。

——改めて実感《じっかん》した。

墜落乙女《ついらくおとめ》たる蓋シ野《けだの》サヱカが、自分とさほど年も違わぬ、一人の美しい少女であることを。

華々《はなばな》しく輝き誇る桔梗《ききょう》や睡蓮《すいれん》とは対照的《たいしょうてき》に——サヱカは妖艶《ようえん》な美しさをたたえ、そこに立っていた。

「しかし……よかったよ、墜落乙女も、この場に同席《どうせき》してくれて」

桔梗が全員《ぜんいん》を食堂へ案内しながら、ほっとしたように微笑《ほほえ》んだ。

「正直なところ、こういう場に来てくれる質《たち》だとは思っていなかったからな……。思い切って誘ってみてよかった」

「まあ、普段《ふだん》は参加いたしませんがたまには、ということですわ」

取り澄《す》ました様子《ようす》でサヱカは答える。

「わたくしの知らないところで謀略《ぼうりゃく》を巡らされても厄介《やっかい》ですからね」

「そうか……そういうことにしておこう」

もう一度《いちど》桔梗は笑い、サヱカはふん！　と視線を逸《そ》らした。

使用人《にん》によって運ばれてくる料理は——絶品《ぜっぴん》だった。

流行《りゅうこう》の洋食《ようしょく》をさらに日本人好《にほんじんごの》みに改良した、というメニューは、普段定食屋《ふだんていしょくや》ですませがちな乱歩《らんぽ》にとって感動ものの味だった。

日頃《ひごろ》から優雅《ゆうが》な食《しょく》生活を送っているであろうサヱカも、

「これは……」

と口に手を当て驚いている。

「こんな料理……並大抵《なみたいてい》の家では出ませんわ」

彼女は怪訝《けげん》な表情で桔梗たちを見た。

「屋敷《やしき》と言い上等《じょうとう》の服と言い……あなた方、一体、どういう……」

「……そう、僕もそれが気になっていたのです」

サヱカの質問に、乱歩も続いた。

「ご両親は警察官《けいさつかん》と伺《うかが》っていたと思うのですが……もしや名家《めいか》の縁者《えんじゃ》であったりするのでしょうか？」

「……ああ、それなんだが」

困ったように眉《まゆ》をよせると、桔梗は白状《はくじょう》するように言った。

「これまでは慎重《しんちょう》に隠《かく》してきたのだが、そろそろ明かそうか。実は、私と睡蓮が警察官の娘《むすめ》というのは嘘《うそ》でな。本当は……」

桔梗は一層《いっそう》、声を潜《ひそ》める。

「……菱川《ひしかわ》という家の、総裁《そうさい》の孫娘《まごむすめ》なんだ」

「――えっ！」

乱歩《らんぽ》はフォークを持つ手を止め、驚きの声を上げた。

「菱川――菱川財閥《ざいばつ》の、ですか？」

「そうだよ」

桔梗《ききょう》は頷《うなず》く。

菱川財閥。

日本五大《にほんごだい》財閥と呼ばれる財閥の一つだ。

江戸《えど》時代、日本橋《ばし》で開業《かいぎょう》していた両替業《りょうがえぎょう》の菱川商店《しょうてん》を起源《きげん》に持ち、現在も金融界《きんゆうかい》に強大《きょうだい》な影響力《えいきょうりょく》を誇っている

その財力《ざいりょく》で芸術家《げいじゅつか》への支援《しえん》、貧困院《ひんこんいん》の設立など社会活動《かつどう》にも積極的に取り組んでいるものだから、乱歩も概《おお》ね好印象《こういんしょう》を抱いていたが……桔梗たちが、その一族の息女《そくじょ》だとは……。

「そう……だったのですか」

「ああ。ほとんど誰《だれ》にも明かしていなかったのだがな」

乱歩はふと、以前《いぜん》桔梗が言っていた言葉を思い出す。

「――大きなものから小さなものまで、たくさん秘密《ひみつ》を隠《かく》しているよ」

きっと「大きな秘密」というのは、このことを言っていたのだろう。

なるほど、これは確かに実に大掛《おおが》かりな秘密だ。

しかし……それではなぜ二人は今、その出自《しゅつじ》を隠し刑事《けいじ》や医師《いし》の卵《たまご》を務めているのだろう……。立場や年齢《ねんれい》を考えれば、何処《どこ》かの御曹司《おんぞうし》に嫁《よめ》に出されているのが自然なはずだが……。

「……実は私たちは、菱川家とはほぼ絶縁《ぜつえん》状態でな」

乱歩の疑問を察したのだろう、昔話《むかしばなし》でもするように、桔梗は話し出した。

「今でもいくつかの施設《しせつ》とは繋《つな》がりがあるが、実質他人《じっしつたにん》のような扱いを受けているんだ。だから基本的《きほん》に、周囲には地方の警官《けいかん》の娘《むすめ》、と偽《いつわ》っている」

「そうなのですか。しかし、絶縁なんて……どうしてそんな」

「ううむ……こんなめでたい場でしていい話なのかも分からないが……」

彼女は迷うように視線を落としてから、

「……きっかけは、子供の頃《ころ》、知人《ちじん》の家に起きた強盗《ごうとう》事件だった」

ぽつぽつと説明を始めた。

「まだ幼かった頃、財閥としてつながりのあったとある家庭に、強盗が入ったんだ。家長《かちょう》、その夫人は助かったものの——私たちと同い年であった長女は、無残《むざん》にも強盗に殺されてしまってな」

「……そんな、ことが……」

あまりに凄惨《せいさん》な思い出に、乱歩《らんぽ》はそれ以上《いじょう》言葉を紡《つむ》ぐことが出来ない。

「もう、十五年近く前のことになるのか……。その時にな……私は思ったんだ。こんな悲劇《ひげき》が、この世にあってはいけないんだと。私利私欲《しりしよく》に駆《か》られた人間に、何の罪《つみ》もない子供が殺されるなんて、あってはいけないんだと。だから私は——刑事《けいじ》を目指《めざ》そうと決心した。殺人者《さつじんしゃ》を取り締《し》まり、悲劇を未然《みぜん》に防げる警察官《けいさつかん》をね」

「……なるほど」

ようやく、桔梗《ききょう》の正義感《せいぎかん》の理由が分かった気がする。

彼女が悪を憎《にく》むのは——かつてその悪を、間近《まぢか》で目の当《ま》たりにしたからなのだ。

「ただ、その結果——家とは大いに揉《も》めることになった。両親や親類《しんるい》は皆、私たち姉妹を名のある家系《かけい》と縁組《えんぐみ》させることしか考えていなかったんだな。江戸《えど》時代から代々《だいだい》そうしてきたのだし、それも無理《むり》はないのだろう。しかも当時は、女が警察官になることなんて考えられなかった時代だから……桔梗は気が狂ったのかと、医者《いしゃ》にも連れていかれたよ」

「実は私も……同じ事件がきっかけで、医者になりたいと願うようになりました……」

目を細め、わずかに微笑《ほほえ》むようにして睡蓮《すいれん》も話し始める。

「もう……誰《だれ》かが死んでしまうなんて嫌《いや》だったんです……。辛《つら》くて苦しい思いをして、その上命を落とすなんて、嫌だったんです……」

「——かくして、私たち姉妹はこの屋敷《やしき》だけ与えられ菱川家《ひしかわけ》とは絶縁《ぜつえん》され、今は私たちの弟たちの中から、跡取《あとと》りが選ばれようとしている、という訳《わけ》さ」

「……そうだったのですね」

もはや乱歩は、物語でも聴《き》かされたような気分になる。

幼い財閥令嬢《れいじょう》たちが直面《ちょくめん》した悲劇。そして、一族《いちぞく》との別離《べつり》と、のちに待っていた戦い……。

桔梗に抱いた「姫君《ひめぎみ》」という印象《いんしょう》は、あながち間違いでもなかった、ということになるだろう。これはもう、一種の立派《りっぱ》な貴種流離譚《きしゅりゅうりたん》だ。

「……まあ、とは言っても」

がらりと声色《こわいろ》を変え、桔梗は話を続ける。

「今は自分の置かれている状況に満足しているよ。世の中にはおかしなことがたくさんあるし、警視庁《けいしちょう》でも……納得《なっとく》の行かないことはたくさんある。でも、私たちにはそれを正していくことが出来るんだ。だから、後悔《こうかい》はしていない」

そして睡蓮も、

「……私も……そうですね」

控えめに、そしてどこか悲しそうにそう言った。

……その表情に、乱歩はふと思った。

——自分も「過去」を話してみようと。

相手のことだけ聴《き》いておいて、自分はだんまりというのも、公平《こうへい》でない気がする。自分が経験した出来事《できごと》を、彼女たちなら共感《きょうかん》してくれるような気もした。

ならば……今《いま》以上に、それを明かすのに誂《あつら》え向きの機会《きかい》もないだろう。

「……実は自分も、似たようなことがあって、記者を目指《めざ》し始めたのです」

乱歩《らんぽ》が切り出すと、

「……そうなのか？」

桔梗《ききょう》はその身を、ダイニングテーブル越しに少々乗《の》り出した。

「もし構わなければ……どういうことがあったのか、教えてもらいたいんだが……」

「ええ。まあ僕の場合、桔梗さんたちほど大変なことがあった訳《わけ》ではないのですが」

乱歩は小さく咳払《せきばら》いする。

「数年前《まえ》、東北《とうほく》のＩ県星置村《ほしおきむら》で、連続殺人《さつじん》事件があったのを覚えていませんか？」

「数年前……」

腕を組み、視線を上にやる桔梗。

「……ああ。思い出した。農家《のうか》の男性が、三人殺《ころ》された事件だな。確か一度捕《つか》まった犯人《はんにん》が冤《えん》罪《ざい》で、県警《けんけい》でも大《だい》問題になったはず」

「そう、その事件です。その、冤罪で捕まった犯人が――僕の父親なのです」

「えっ……」

桔梗が声を上げ、睡蓮《すいれん》がフォークを取り落した。

それまで澄《す》ましていたサヱカさえも、視線をじっと乱歩の方に向けた。

「ずさんな捜査《そうさ》で証拠《しょうこ》をでっち上げられて、父は不当《ふとう》に逮捕《たいほ》されたんです。本当に、あの時は大変でした。新聞でもラジオでも、自分の父親が殺人者《しゃ》であるように言われて……当時《とうじ》住んでいた村からも、出ていかなければならなくなりました。ただ——それを助けてくれたのが、新聞記者《きしゃ》だったんです。彼は捜査の問題点《てん》を暴《あば》いて、再《さい》調査の必要があることを記事で書きたててくれて……おかげで、真《しん》犯人が捕まって父の疑いは晴れたんです」

——その時《とき》乱歩は知《し》ったのだ。

情報の持つ強さを。

そして、同時にそれが持つ恐ろしさを。

以来《いらい》彼は記者を目指すようになり、しばらくして仕事を求め、帝都《ていと》に上京《じょうきょう》することとなる。

「なるほど……」

大きく息を吐き、桔梗は目を細めた。

「境遇《きょうぐう》としては、私たちと似ているのかもしれんな。過去の苦《にが》い経験をもとに、進むべき道を選んだ。だからこそ——こうして波長《はちょう》が合うのだろう」

……確かに、そうなのかもしれない。

似たような経験をしてきたからこそ、根本《ねもと》のどこかで共鳴《きょうめい》し合うことが出来る。

こんな時間を共に過ごすようになったことも、一種《いっしゅ》の必然なのかもしれない。

と、桔梗《ききょう》はここで視線をサヱカに向け、

「さて、ではこの流れで、是非《ぜひ》君の生《お》い立ちも教えてほしいんだが……」

そう言って首を傾《かし》げた。

「どうだい？　そちらもずいぶんと、育ちがよさそうに見えるのだけど」

「もちろん——お話し出来ませんわ」

サヱカは薄く微笑《ほほえ》むと、あっさりとそれを却下《きゃっか》する。

「わたくしはただの『墜落乙女《ついらくおとめ》』。今はそれ以上、明かす気はございません」

「まあ、そう言うだろうな……」

「ただ……」

サヱカはテーブルに視線を落とす。

「……皆さんのお話は、興味深《きょうみぶか》く拝聴《はいちょう》させていただきました。わたくしも時が来ましたら、
色々とお話しいたしましょう」

「……そうか」

桔梗はうれしげに頷《うなず》いた。

「では、その時を楽しみにしているよ」

食後には、桔梗が英国《イギリス》から取り寄せたという紅茶《こうちゃ》が振る舞われた。

「まあ……」

一口《ひとくち》それを飲んだ途端《とたん》──サヱカの頬《ほお》が、ぽっと赤く染《そ》まる。

「これは……これは……」

「ん？　どうした……？」

桔梗が尋《たず》ねると、しばしサヱカは確かめるようにカップの中を見つめ、

「……どこの会社に依頼すれば、取り寄せてもらえますの？」

顔を上げ、そう尋ねた。

「……気に入ってくれたようだね」

満足そうに、桔梗は満面《まんめん》の笑《え》みを浮かべる。

「よかったよ、君はなんとなく舌《した》が肥《こ》えていそうだったからね、知っている中でも一番上等《じょうとう》なものを用意したんだ」

「そうでしたの……」

言いながらも、サヱカは二度《にど》三度とカップを口に運んだ。

「ええ、ちょっとこれは……本当に、わたくし好みですわ……。悔《くや》しいのですけれど、認めざるを得ません……」

彼女はむう、と眉間《みけん》にしわを寄せる。しかし、その口元はいつもよりもわずかに緩んで見えた。

「ははは、光栄《こうえい》だよ。では、取り寄せ方なんだが……」

桔梗《ききよう》はサヱカに紅茶《こうちや》の輸入業者《ゆにゆうぎようしや》の名を伝える。

その光景《こうけい》は——乱歩《らんぽ》には、仲のいい女学生同士《どうし》が談笑《だんしよう》しているかのように見えた。

……やはり、サヱカの態度は、明らかに軟化《なんか》しつつある。角筈《つのはず》ビルヂングの共闘《きようとう》をきっかけにして。

以前の彼女だったらこの会に参加などしなかっただろうし、仮に参加したとしても先ほどのように神妙《しんみよう》に話を聴《き》くこともなかったはず。

それが今や、こうやってお茶の話まで出来るようにまでなった。

これは明確な変化だし——乱歩はそのことに、ちょっとした引っ掛かりを覚えていた。

と——

「さあ、じゃあもっと飲んでいってくれ……おっと」

——サヱカのカップにお茶を注《つ》ごうとした桔梗は、うっかりポットをひっくり返しかけ、指先に少しお茶を掛けてしまった。

「失敬失敬《しつけいしつけい》」

言いながら、彼女はナプキンで指を拭《ぬぐ》うが、

「あら、火傷《やけど》したんじゃありませんの？」

サヱカはそう言って、桔梗の手を取ろうとした。

「ああ、あはは、大丈夫《だいじようぶ》さ」

笑いながら、桔梗は指先《ゆびさき》を口に含む。

「こうしておけば、すぐによくなる」

「いえいえ、お水で流したほうがいいですわ。女性の指ですもの、痕《あと》が残っては大変ですわ」

言って、サヱカは椅子《いす》を立った。そして、

「厨房《ちゆうぼう》はどこですの？　一緒《いつしよ》に参《まい》りましょう」

気遣《きづか》うような笑《え》みを浮かべ、首を傾《かし》げた。

「……分かった、そうしよう。すまない、少し外させてもらうよ」

こちらを向きそう言うと、桔梗とサヱカは連れ立って食堂を出て行った。

……彼女たちのいなくなった部屋。乱歩は考える。

サヱカの態度の変化は——本心《ほんしん》からのものなのだろうか？

桔梗の髪《かみ》を褒《ほ》め、昇進祝《しようしんいわ》いに顔を出し、紅茶を気に入り、桔梗の指を心配したのは——企《たくら》みも裏の意図《いと》もない、彼女の本心なのだろうか。

あそこまで悪辣《あくらつ》だった彼女のことだ、何か理由があってそうしている可能性《せい》はあるだろう。

むしろ、そうであるほうが彼女の人間性にはしっくり当てはまる気がする。

それでも乱歩は……出来ればそれが「サヱカの本心」であってほしいと思っている自分に気が付いた。

少しずつサヱカが気持ちを溶かし、自分たちに歩み寄ってくれているのであればいいなと。

──いつの間にか乱歩《らんぽ》は、サヱカに奇妙《きみょう》な友情を感じ始めていた。

「……姉《ねえ》さんは、すごいなあ」

睡蓮《すいれん》が、ぽつりと呟《つぶや》くように言った。

「あんな風《ふう》に、墜落乙女《ついらくおとめ》と打ち解けて……私は今も、あの人が怖《こわ》いのに……」

「あ、ああ、そうだったのですか……」

その言《げん》に、乱歩は少々焦《あせ》りを覚える。

自分はこの会を楽しませてもらっているが、睡蓮がずっと怖がっていたのだとしたらなんだか申《もう》し訳《わけ》ない。

「すみません……気付きもせず、勝手《かって》な真似《まね》を……」

「いえ、いいんです。乱歩さんが喜んでくださるなら、私もうれしいですから……。それに、姉が言い出したことには、逆らえないですし……」

「……そうなのですか」

「ええ……」

言って、寂しそうに睡蓮は微笑《ほほえ》んだ。

「いつも勝てないんですよ、喧嘩《けんか》だって、一度も勝てたことがありません」

「……喧嘩をすることがあるのですか」

意外《いがい》だった。

これだけ性格の違う姉妹だ、意見が食い違うこともあるだろうが……喧嘩になる前に睡蓮は引くものだとばかり。

「ええ、そんなに頻繁《ひんぱん》に、という訳《わけ》ではないのですけどね……」

「そうなのですか……」

……もしかしたら、と、乱歩は思う。

サヱカのことだけでなく、自分はこの姉妹のこともあまり分かっていないのかもしれない。身近《みぢか》な人の関係性《せい》も見抜《みぬ》けないとは、自分もまだまだ記者として修行《しゅぎょう》が足《た》りないようだ。

「――やあ、遅くなってすまない」

しばらくすると、桔梗《ききょう》とサヱカが食堂に戻ってきた。

「彼女には、手間《てま》をかけてしまったよ」

そう言う桔梗の指には――白い包帯《ほうたい》が丁寧《ていねい》に巻きつけられていた。

＊

その後も歓談《かんだん》は続き、午後九時を回ったところで会はお開きとなった。

「今日《きょう》は本当に、ありがとうございました」

屋敷《やしき》の玄関《げんかん》にて。乱歩は深々と頭を下げる。

「誰《だれ》かに昇進《しょうしん》を祝っていただくなんて、初めてのことでした。とても楽しかったです……」

桔梗《ききょう》も睡蓮《すいれん》も、日夜を問わず激務《げきむ》に追われているのだ。

そんな中、このような会を開いてくれたことには、感謝《かんしゃ》してもし切れない。

「なあに、賜ヒ野《たまの》には先日の角筈《つのはず》ビルヂングで助けられたからな。それに、今後のためにも我々が親交《しんこう》を深めておくのは、決して悪いことではないだろう」

「……そうですね」

頷《うなず》いて、乱歩《らんぽ》は考える。

彼女の言う通り、この四人が手を取り合い戦うことが出来れば、どれだけ心強いだろう。

それぞれ違った得意《とくい》分野《ぶんや》を持った自分たちが協力すれば——人形座《ざ》事件だって、遠からず解《かい》決《けつ》出来る。今の彼には、そんな気がし始めていた。

「——では、お邪魔《じゃま》しました。おやすみなさい……」

屋敷《やしき》の門に着き、乱歩は桔梗と睡蓮にもう一度《いちど》頭を下げた。

その隣《となり》で、サヱカも小さくお辞儀《じぎ》する。

「失礼《しつれい》いたしますわ」

……ちらりとそちらを盗《ぬす》み見た。

すました表情で、桔梗たちを見ているサヱカ。

乱歩には、やはりその顔が以前より打ち解けたものになりつつあるように思えた。

……今夜はこの後、蓋シ野家《けだのけ》の車で下宿《げしゅく》まで送ってもらうことになっている。

桔梗たちに見られないよう、少し離れた場所で待機《たいき》してもらっているのだ。

車の中では——サエカと今日《きょう》の話をしてみよう。

彼女自身《じしん》が、自分の変化をどう思っているのか、訊《き》いてみたかった。

しかし——その時だった。

「——ッ⁉」

突如《とつじょ》——乱歩とサエカは、まばゆい照明《しょうめい》にその身を照らされる。

そして——

「——動くな！」

——光源《こうげん》から、怒声《どせい》が響《ひび》いた。

「手を上げてこちらを向け！　不《ふ》用意に動けば即刻《そっこく》——貴様《きさま》らを処刑《しょけい》する！」

——一瞬《いっしゅん》で空気が張りつめる。

——何が起きたのか分からない。

しかし……乱歩は本能的《ほんのうてき》に、怒鳴《どな》り声に逆らうべきではないと判断《はんだん》した。

声の主《ぬし》は本気《ほんき》だ。従わなければ、何をされるか分からない……。

乱歩《らんぽ》は両手を上げ、震える足で光源《こうげん》の方を向いた。

渋々《しぶしぶ》、と言った様子《ようす》で、申《もう》し訳程度《わけていど》に手を上げサヱカも振り返る。

そこには――

「よーし……貴様《きさま》らそのまま動くなよ……！」

――サーベルを手にした森栖《もりす》警視《けいし》がいた。

そしてその背後には――銃口《じゅうこう》をこちらに向け、警官隊《けいかんたい》が控えている。

……いや。

あれは警官ではない。

「陸軍《りくぐん》、じゃないか……！」

茶褐色《ちゃかっしょく》の帽子《ぼうし》に同色《どうしょく》の外套《がいとう》。緋色《ひいろ》の肩章《けんしょう》をつけ軍刀《ぐんとう》を下げた彼らは――帝国《ていこく》陸軍歩《ほ》兵隊《へいたい》だ。

戦場《せんじょう》で敵国軍隊《てきこくぐんたい》と交戦《こうせん》するための兵士《へいし》たちが――この市街地《しがいち》で、自分たちに銃を向けている。

「……機関銃《きかんじゅう》まで用意して……ど、どういうことだ……」

――三年式軽《しきけい》機関銃、九三式重《じゅう》機関銃が見える。

それらが火を噴《ふ》けば――自分たちが瞬《また》く間《ま》に蜂《はち》の巣《す》になることは、想像《そうぞう》に難《かた》くない。

角筈《つのはず》ビルヂングの難局面《なんきょくめん》を乗り切った乱歩も――この状況には震えを覚えた。

一体……何がどうなっている？

なぜ、森栖警視が軍隊を従え……自分たちに脅《おど》しをかけているんだ……？

そんな乱歩の疑問に答えるかのように、森栖警視は満足げに微笑《ほほえ》むと——高らかにこう告げた。

「賜《たま》ヒ野《の》乱歩、墜落乙女《ついらくおとめ》、貴様ら両名を——人形座《ざ》事件容疑者《ようぎしゃ》として、逮捕《たいほ》する！」

——瞬間《しゅんかん》、思考《しこう》が停止した。

言葉の意味が呑《の》み込めない。

人形座事件の容疑者……？

自分とサヱカが……？

「これからお前たちには署《しょ》に同行《どうこう》してもらう。たっぷりと取り調べさせてもらうから、覚悟《かくご》しておくことだな！　帝都《ていと》を騒がせた罪《つみ》は重いぞ！」

森栖警視のだみ声に……乱歩は少しずつ、この状況を理解し始めた。

——あらぬ疑いが、かけられている。

自分とサヱカが人形座事件の首謀《しゅぼう》だなどという——根《ね》も葉《は》もない疑いが。

「……どういうことですか！」

気付けば乱歩は、叫び出していた。

「訳《わけ》が分かりません、一体《いったい》何があったというのですか！」

「……捕《と》らえた活《い》キ人形が、証言《しょうげん》した」

森栖《もりす》警視《けいし》は、ゆっくりと言う。

「先日、角筈《つのはず》ビルヂングの戦いで、そこにいる火《ひ》ノ星巡査部長《ほしじゅんさぶちょう》が——こいつを捕《つか》まえただろう？」

警視は乱歩《らんぽ》に右手を掲《かか》げて見せた。

そこには——縄《なわ》で厳重《げんじゅう》に拘束《こうそく》された小型《こがた》の活キ人形が吊《つ》るされていた。

「尋問《じんもん》の結果、口を割ったのだ。人形座《ざ》事件は、墜落乙女《ついらくおとめ》とその専属《せんぞく》記者による自作自演劇《じさくじえんげき》であると。その目的は金と名声《めいせい》であると。さらに、浅草《あさくさ》に活キ人形の工場があることも分かったよ。貴様《きさま》らは、そこを根城《ねじろ》にしていたんだろう？」

「そんな……そんな事実はありません！」

——酷《ひど》い混乱が、乱歩の頭を掻《か》き乱す。

自作自演？

活キ人形工場？

一体何《なん》の話だ……。

「……そうだ！　証拠《しょうこ》は？　証拠はないのですか⁉」

すがるように、乱歩は尋《たず》ねた。

「自分たちは犯人ではありません！　ですから、証拠だって一つもないはずです！　だとしたら、このような扱いは不当《ふとう》です！」

しかし──

「証拠なら……あるのだよ」

──森栖警視はにんまりと笑った。

「実際《じつさい》我々は、活キ人形が『工場だ』と指定した建物に捜査《そうさ》に行ったのだ。その結果、大量の活キ人形の部品と黒魔術《くろまじゅつ》を行った形跡《けいせき》。そして──こんなものが見つかった」

それは──

森栖警視が合図《あいず》を出すと、控えていた若手《わかて》刑事《けいじ》があるものを取り出す。

「墜落乙女の、赤いドレスだ」

──サエカが着ているものと瓜《うり》二つの、真《ま》っ赤《か》な魔装《まそう》だった。

「こんなものが見つかってしまえば申《もう》し開《ひら》きも出来まい。少なくとも、逮捕《たいほ》するには十分な状況証拠だ」

いや……違う。

それは証拠にならない。

彼女のドレスは、戦闘《せんとう》のたびに魔力《まりょく》で編み出されるものなのだ。

脱《ぬ》いでどこかに置いておく、なんてことが出来るものではない。

「何かの勘違《かんちが》いです！」

声を嗄《か》らさんばかりに、乱歩は叫ぶ。

「もっとちゃんと捜査《そうさ》をしてください！」

しかし――

「それをするための逮捕《たいほ》だ」

――森栖《もりす》の笑《え》みは、より下卑《げび》た色に歪《ゆが》んだ。

「貴様《きさま》らを拘束《こうそく》した上で、十二分に真相《しんそう》は明らかにするさ。すでに政府《せいふ》にも話はつけてある、こうなればもう、日本《にほん》全国どこへ行こうと逃げられんぞ！」

……政府とも話をつけてある？　森栖には、そんなつてがあるのか？

考えてみれば、軍部《ぐんぶ》が警視庁《けいしちょう》と共同で動いていること自体《じたい》が異常事態だ。この男……思っていた以上に厄介《やっかい》らしい。

「……桔梗《ききょう》さん！」

乱歩《らんぽ》は振り返った。

「どうなっているんですか……！　なんでこんな……！」

「こんなこと、私も聴《き》かされていない……！」

額《ひたい》に汗《あせ》を浮かべ、唇《くちびる》を噛《か》む桔梗。

「どういうことだ……なぜ私に事前《じぜん》に通知《つうち》がない……！」

彼女は覚悟《かくご》を決めたように前に進み出ると、

「警視――このやりかたは、あまりにも強引《ごういん》にすぎます！」

勇《いさ》ましくその声を張り、抵抗《ていこう》を始めた。

「彼らの言《い》い分《ぶん》を聞くべきです！　活キ人形の話を信じ、彼らの主張を信じないのですか⁉」

「何度《なんど》言えば分かる！　彼らの話を聴《き》くために逮捕するのだ！　火ノ星巡査部長《ひのほしじゅんさぶちょう》！　君は被疑《ひぎ》者《しゃ》の肩を持つというのか！　それとも……その男に何かしら特別な思い入れでもあるというのか⁉」

「そ、そういう訳《わけ》では……！」

「そもそも、君こそが――」

森栖警視は、小型《こがた》活キ人形をもう一度掲《かか》げた。

「――証言《しょうげん》を取るためと言って、こいつを連れてきたのだろうが！」

「それは……そうですが……」

「――ああ、もう……」

――呻《うめ》くような、うんざりしたような声が、上がった。

その主《ぬし》は――これまで黙《だま》っていたサヱカは、疎《うと》ましげに首を振る。

「これだから嫌《いや》だったのですよ。警官風情《けいかんふぜい》と手を組むのは……」

――場の雰囲気《ふんいき》が変わる。

陸軍兵士《りくぐんへいし》たちの構えに、一層《いっそう》の緊張感《きんちょうかん》がみなぎる。

そんな中、彼女は装《よそお》いを魔装《まそう》に切り替えると――

「こうなれば──応戦《おうせん》するしかないではありませんの。あんな汚《きたな》らしい、雑魚《ざこ》相手に」

──深い溜息《ためいき》をつき、日傘《ひがさ》を手に取った。

「貴様《きさま》……！」

森栖《もりす》警視《けいし》の顔が、真《ま》っ赤《か》に怒張《どちょう》した。

そして彼は──

「構わん！　やられる前にやるぞ！　──撃《う》てー！」

──左手を振り下ろし、陸軍歩《りくぐんほ》兵隊《へいたい》に発砲指示《はっぽうしじ》を出した。

向けられていた銃《じゅう》が火を噴《ふ》く。

乾いた銃声《じゅうせい》が、雷鳴《らいめい》のように夜空に轟《とどろ》いた。

──反射的に、乱歩《らんぽ》は目をつぶる。

しかし──弾丸《だんがん》は彼の体に命中《めいちゅう》しない。

代わりに──「ドスッ」という鈍《にぶ》い音が自分たちの周囲で無数《むすう》に上がる。

恐《おそ》る恐る目を開けると──乱歩たちの前で、サヱカが軍隊《ぐんたい》に向け日傘を開き、魔術《まじゅつ》による盾《たて》を形成《けいせい》していた。

それは一見《いっけん》、大型魔《ま》法陣《ほうじん》に見える。

その魔法陣に触れた銃弾《じゅうだん》は──全てその重みを「数百倍《すうひゃくばい》」に倍加《ばいか》させられ、無残《むざん》に地面に落ち、鈍い音を立てる。

「はぁ……ずいぶんと舐《な》められたものですわね……」

面倒《めんどう》そうに溜息をつき、サエカは呟《つぶや》いた。

「機関銃《きかんじゆう》程度でわたくしを倒せると思ったのかしら。座長様《ざちようさま》の一蹴《ひとけ》りの方が、まだ歯ごたえがありましたわ」

「くっ……！」

警視もこのままの攻撃《こうげき》が無駄《むだ》だと思ったのか、狡猾《こうかつ》な顔を憎々《にくにく》しげにゆがめ、

「糞《くそ》っ……銃撃止《じゆうげきや》め！」

一旦《いったん》、銃撃を停止した。弾《たま》を無駄遣《むだづか》いする訳《わけ》にもいかないらしい。

「銃では埒《らち》が明かん！　突撃《とつげき》して、白兵戦《はくへいせん》を仕《し》掛けるぞ！」

その指示《しじ》に――歩兵隊が軍刀《ぐんとう》を抜く。

しかし彼らの表情は――見るからに恐怖《きようふ》に怯《おび》え、戦《おのの》いていた。

「……さて、ではこちらも、やられているばかりという訳《わけ》にもいきません」

防御《ぼうぎよ》魔法陣の展開を解き、サエカは日傘を握りなおした。

「そろそろ……反撃《はんげき》をさせていただきましょうか」

――反撃。

当たり前のように彼女が口にした言葉の意味に、乱歩は震えを覚える。

活《い》キ人形ではなく、陸軍や警視への反撃。

それはつまり――「殺人《さつじん》」を意味するのではないだろうか。

――これまで墜落乙女《ついらくおとめ》は、ひたすら悪辣《あくらつ》であり続けた。

傲慢《ごうまん》な発言を繰り返し、残虐《ざんぎゃく》に活《い》キ人形を殺し、そして乱歩《らんぽ》は何度も「殺す」と脅《おど》され続けていた。

しかし、そうは言ってもこれまで彼女は――一度も人を殺さなかったのだ。

戦闘《せんとう》に巻き込むことはあったろうが、意図的《いとてき》に傷つけることは一度もなかった。

そんな彼女が――禁忌《きんき》を犯そうとしている。

一線《いっせん》を越えてしまう。

「――待ってくれ！」

――必死《ひっし》に取りすがり、サヱカに抱き付くようにして、乱歩は叫んだ。

その手はしっかりと、彼女の日傘《ひがさ》を握る。

「攻撃《こうげき》をするのはやめてくれ！」

「何をしますの！」

サヱカは驚いたように振り返り、彼を振り払おうとした。

「やらなければやられますわ。こうなっては、協力関係《かんけい》だって破綻《はたん》でしょう。攻撃しないでどうしようと言いますの！」

言い争いが始まったのに乗じ、森栖《もりす》は突撃指示《とつげきしじ》を出した。

「むむ……好機《こうき》だ！　二人を捕縛《ほばく》しろ！　抵抗《ていこう》された場合、殺しても構わん！」

――歩兵隊《ほへいたい》が雄《お》たけびを上げ、こちらに押し寄せる。

その足音が確実に近づいてくる。

「ここで攻撃すれば君は殺人者確定《さつじんしゃかくてい》だ！　もう、申《もう》し開きすら出来なくなってしまう！」

乱歩は必死《ひっし》で説得《せっとく》を続けた。

「一旦退《いったんひ》くんだ！　頼むから、退いてくれ！」

「……」

サエカは忌々《いまいま》しげに眉《まゆ》をひそめた。

そして、深く溜息《ためいき》をつくと、

「……ああ、もう。仕方がありませんわね」

そう言って、乱歩の腕をつかむ。

「『墜《お》ち』ますわよ。舌《した》を噛《か》まないよう気を付けて」

「……分かった。ありがとう」

乱歩が頷《うなず》くと同時に、二人の体はふわりと浮かび上がり――歩兵隊の刃《やいば》が届く寸前《すんぜん》で、上《じょう》
空《くう》に「墜落」していった。

＊

一時間ほどかけ、誰《だれ》にも目撃《もくげき》されないよう最大限《さいだいげん》の注意を払い――二人は蓋シ野家《けだのけ》の屋敷《やしき》に到着《とうちゃく》した。

乱歩《らんぽ》の身元《みもと》は警視庁《けいしちょう》にも知られているが、墜落乙女《ついらくおとめ》がサヱカであることは誰も知らないはずだ。この屋敷の中なら、しばらく身を潜《ひそ》めることが出来るだろう。

――とはいえ。

通された応接室《おうせつしつ》。

瀟洒《しょうしゃ》な椅子《いす》に腰掛けた乱歩は――イライラと思考《しこう》を巡らせていた。

出された紅茶《こうちゃ》にも手を付けず、彼はぐしゃぐしゃと頭を掻《か》く。

「……嵌《は》められた……！」

活《い》キ人形の証言《しょうげん》。

そして、浅草《あさくさ》で見つかったという証拠《しょうこ》。

両方が、全く根拠《こんきょ》のない出鱈目《でたらめ》だ。そのことは、当事者《とうじしゃ》である乱歩が誰《だれ》よりもよく分かっている。

であれば、誰かがそれを用意し、意図《いと》的に容疑《ようぎ》を自分たちに向けようとしている、ということになるだろう。

――自分と墜落乙女を、嵌めようとしている者がいる。

――活キ人形に嘘《うそ》の証言をさせ、偽《にせ》のドレスまで用意して。

まずはその事実に、酷《ひど》い眩暈《めまい》を覚えた。

犯人《はんにん》は一体誰なんだ。どこの誰が、自分たちを陥《おとしい》れようとしている？

そして、なぜそいつはそんなことをするのだろう。

なぜ自分たちに、容疑を押し付けようとするのだろう……。

……いけない。

今の自分は冷静さを失いつつある。客観性《きゃっかんせい》を失えば元も子もない。

まずは深《しん》呼吸して、容疑者を推測《すいそく》してみよう。

まず最初に思い当たるのは――森栖《もりす》警視だ。

彼とはこれまでも折り合いが悪かったし、邪魔《じゃま》に思われていたことは間違いないだろう。自分と墜落乙女がいなくなれば、彼としてもせいせいするのかもしれない。

しかし――彼にここまでのことが出来るだろうか。

はっきり言ってしまえば、彼がそれほど「頭が回る」方であるとは思えなかった。ここまで周到《しゅうとう》に準備をし、自分たちを嵌めるとはちょっと考えにくい。

次に思い当たるのは、座長《ざちょう》だ。

真犯人《しんはんにん》である人形座座長《ざざちょう》が、我々に罪を擦《なす》り付けているという仮説《かせつ》。

確かに、座長であれば活《い》キ人形に嘘《うそ》の証言《しょうげん》をさせることは出来るだろう。何度か戦闘《せんとう》もしているのだ、サエカのドレスを模倣《もほう》して作成《さくせい》することも出来るかもしれない。

ただ——そもそも座長の正体《しょうたい》は、今もって分かっていないのだ。ここでどんなに考えても、何か有力な手がかりがつかめるわけではない。

続けて乱歩《らんぽ》は他にも候補《こうほ》がいないか考えるが——それらしい人物は思い浮かばない。

代わりに、自分たちが追いつめられていることを妙《みょう》に実感《じっかん》し、抑え込んだいら立ちがよみがえってしまう。

さらに乱歩は——先ほどから、自分の胸で凄《すさ》まじい奔流《ほんりゅう》が渦巻《うずま》いていることに気が付いた。

かつて味わったことのある、激しい憤《いきどお》りと怒りと、恐れ。

手が震え、体中から汗《あせ》が噴《ふ》き出した。

これは少々、尋常《じんじょう》ではない。

一度深呼吸《しんこきゅう》をし、気持ちを落ち着かせた。

そして乱歩は——

「……ああ……」

——その気持ちの意味に気が付く。

これは——あの時と同じ。

父が冤罪《えんざい》により犯人扱《あつか》いされ、裁《さば》きを受けそうになった時と同じ感覚なのだ。

そう――。

自分は今、あの時の父のように――冤罪をかけられている。

誤った「裁き」を受けようとしている。


――正しい情報を、皆に伝えなければ。


ほとんど本能的《てき》に、そう乱歩は思った。

自分たちが無罪《むざい》だと一刻《いっこく》も早く理解してもらわなければならない。

この状況は、誰《だれ》にとっても利益《りえき》がないのだ。

自分たちは無実《むじつ》の罪で裁かれる。かといって、人形座事件は解決する訳《わけ》ではない。

だとしたら――まずは誤解《ごかい》を解き、事件の真相《しんそう》を見破《みやぶ》らなくては。

胸に宿るのは、焦燥《しょうそう》にも似た使命感《しめいかん》だった。

強い意志《いし》を胸に、乱歩はサヱカに声をかけた。

「なあ、サヱカ君」

「これで僕たちは、お尋《たず》ね者《もの》になってしまった。指名手配《しめいてはい》されるだろうし、そのことは大いに報道《ほうどう》されるだろう」

「そうですわね」

「だからその誤解《ごかい》を何とかして解きたい。そのために動きたいんだ」

乱歩《らんぽ》は、サヱカの目をまっすぐ見た。

「一緒《いっしょ》に策《さく》を練ろう。僕らの冤罪《えんざい》を——晴らすんだ」

——まずはサヱカを、共犯《きょうはん》とされている彼女を、説得《せっとく》しなければならない。

今までの態度を考えれば、きっと彼女はこの疑いを放置《ほうち》するつもりだろう。これまで散々悪《さんざんあく》評《ひょう》を無視《むし》してきたのだ、今更《いまさら》積極的に汚名《おめい》返上しようとするとは思えない。

それでも、自分たちは共犯関係と考えられているのだ。冤罪を晴らそうと思えば、どうしてもサヱカの協力が必要となる。

であれば、なんとか彼女を説得し、共に事実を探るために動き出さなくては。

「わたくしは、そんなことするつもり、毛頭《もうとう》ございませんでしたわ」

案《あん》の定《じょう》、サヱカはそう言って乱歩の誘《さそ》いを突っぱねる。

「大した問題でもないではないですか。そもそもわたくしは、警視庁《けいしちょう》に嫌《きら》われていましたわ。器物破損《きぶつはそん》なりなんなり、逮捕《たいほ》しようと思えばいつでも逮捕出来る状況でもありました。であればわたくしは、これまで通り自分の意志《いし》で人形座《ざ》が現れた現場《げんば》に向かい、彼らを殲滅《せんめつ》すればいい」

と、そこで彼女は気付いたような表情になる。

「……ああ、乱歩さんはそんな簡単にも行きませんわね。では、新しい戸籍《こせき》と名前を用意いたします。外科医《げかい》に顔を変えさせてもいいですわ。つてを使えば、どこかで記者業《ぎょう》にも復帰《ふっき》出来るでしょう」

「……そういう話ではないんだよ」

乱歩は机からその身を乗り出す。

「無実《むじつ》の罪が着せられたままなんて、絶対に間違っている。自分たちは不当《ふとう》な扱いを受け、人形座事件《じけん》も解決しない。誰《だれ》も幸せにならないんだ。だから、なんとか真実《しんじつ》を見つけ出さなければいけない」

「理想論《りそうろん》はどうでもいいですわ。それに、なぜ私が無罪《むざい》だと思いますの？　もしかしたら、乱歩さんの知らないところで何かあくどいことをしでかしているかもしれないでしょう？」

――何故《なぜ》無罪だと思うのか。

その答えは――自分の中ではっきりしていた。

これまでずっと確信《かくしん》出来ずにいたが――今なら胸を張って主張出来る。

「僕は――」

サヱカの目を見て、乱歩は言った。

「――君がただの悪人《あくにん》であるとは思えない」

――サヱカはその目を、わずかに見開いた。

黒目《くろめ》がちの瞳《ひとみ》が、まっすぐ乱歩《らんぽ》を見る。

「ただただ自分の快楽《かいらく》のためだけに、活《い》キ人形を虐殺《ぎゃくさつ》しているとは思えない。ずっと違和感《いわかん》を覚えていたんだ。君の態度に、君の在り方に。でももう、分かったよ。君はきっと、ただの極悪人《ごくあくにん》ではないはずだ」

「……何を根拠《こんきょ》に、そんなことを」

そう言うサヱカの声は、不《ふ》自然に揺らいでいた。

「君はさっき、『一旦退《いったんひ》こう』という僕のお願いを聴《き》いてくれたじゃないか。陸軍《りくぐん》を一網打尽《いちもうだじん》にすることくらい君には簡単だったはずなのに、そうしなかった。それはきっと──無駄《むだ》に人を殺したくなかったからじゃないのか?」

──サヱカの顔が、わずかにゆがむ。

その手が膝《ひざ》の上でぎゅっと握られる。

「それだけじゃない。桔梗《ききょう》さんに聴いたんだが……角筈《つのはず》ビルヂングで座長《ざちょう》と戦うにあたり、君は警官《けいかん》たちを先に逃がしたのだろう? それだって、犠牲《ぎせい》を抑えるためじゃないのか? だから僕は──君が悪人だとは思わない。そんな君に冤罪《えんざい》がかけられるのが我慢《がまん》ならない。君が犯人ではないと、帝都中《ていとじゅう》に知らせたい」

──サヱカの薄い唇《くちびる》が、わずかに震える。大きなその目が潤《うるお》い始める。

彼女のそんな表情は初めてで──乱歩は自分の言葉が、確実に彼女に届いているのを実感《じっかん》した。

やはりサヱカは、ただただ残酷《ざんこく》な悪人などではないのだ。

何か事情があって、そう装《よそお》っているだけ。

であれば、自分と彼女は――手を取り合い、前に進むことが出来るはず。

本当の意味で、共闘《きょうとう》が出来るはずだ。

しかし――

「事実を明らかにしよう。僕はこれ以上――罪のない人が悪人にされるのを、もう見たくないんだ」

――乱歩が続けたその台詞《せりふ》に、サヱカの表情が固まる。

……沈黙《ちんもく》が、客間《きゃくま》にぴんと張りつめる。

何かが大きく食い違ったことを――乱歩は皮膚《ひふ》で感じ取った。

屋敷《やしき》のどこかで柱《はしら》時計が鳴り、時刻《じこく》が午後十時を回ったことを告げた。

サヱカは一口紅茶《ひとくちこうちゃ》を飲み、カップを皿《さら》に置いてから、

「……なるほど」

ほうと小さく、息を吐き出した。

「ようやく分かりましたわ」

「……何がだい？」

「これまでも、不思議《ふしぎ》だったのです。どうして乱歩《らんぽ》さんは、わたくしのことを知りたがるのかと……妙《みよう》に熱心《ねつしん》に接してくれるのかと。最初は純粋《じゆんすい》に、記者としての使命感《しめいかん》なのだろうと思っていましたが、最近は少し、それだけではないような気がしていたのです」

彼女は眉間《みけん》にしわをよせ、細めた目で、乱歩を見る。

そして、

「乱歩さんは——どこかでわたくしを、お父様《とうさま》と重ねてらっしゃるのだわ」

さらりとそう言った。

「世間《せけん》で悪人《あくにん》だと思われているわたくしに、お父様の影を見出《みいだ》してらっしゃるのだわ。そしておそらく——心のどこかで、その無罪《むざい》を証明《しようめい》し、世間に公表《こうひよう》したいと願っている」

——落雷《らくらい》のような衝撃《しようげき》が、乱歩の頭に走った。

こめかみが、ズキズキと痛み出す。

否定したい衝動《しようどう》に駆《か》られるが——言葉が出てこない。

「……図星《ずぼし》のようですわね」

頬杖《ほおづえ》をつき、サエカは乱歩の表情を鼻で笑った。

「本当に、分かりやすい人だこと……」

——そうなのだろうか？

自分は父とサエカを、重ねているのだろうか？

震える手を押さえながら、乱歩は思い出す。

確かに、これまで自分は積極的に「サエカが悪人でない可能性《せい》」を探してきたように思う。

そこに根拠《こんきょ》や理由はなかったが、信念《しんねん》に従っているからなのだと自分では思っていた。

しかしそれが、「信念」などではなく——自分が彼女と父をかぶせていたからだとしたら。

父を救ってくれたあの記者のように——自分も誰《だれ》かを救いたかっただけだとしたら。

「はっきり申《もう》し上げて、そんなことは不愉快《ふゆかい》ですし——実に的外《まとはず》れですわ」

眉《まゆ》を怒らせサエカは続けた。

彼女が自分にそんな表情を向けるのは、初めてのことだった。

「今回かけられた疑いは、ええ、確かに冤罪《えんざい》ですわ。それでもわたくしは——悪人なのです。『それ以上の罪《つみ》』を重ねているのです。ですから、わたくしはあなたのお父様とは違う。今更《いまさら》万人《ばんにん》に実情を知ってもらおうなんて思えませんし、それが誰かのためになるとも到底《とうてい》思えませんし」

彼女の言葉が紡《つむ》がれるたびに、こぶしで殴《なぐ》られるような痛みを感じる。

しかしそれよりも、

「……『それ以上の罪』？」

突然《とつぜん》出てきたその言葉が——酷《ひど》く気にかかった。

「……一体、何の話だ」

尋《たず》ねてから——乱歩《らんぽ》は、今まで越えられなかった一線《いっせん》を越えたことを、本能的《ほんのうてき》に実感《じっかん》した。

きっとこの問いは——自分と彼女の関係を、大きく変えてしまう。

「では、お教えしましょう」

頷《うなず》いて、サヱカは何かを嬲《なぶ》るような表情で話し始める。

「活キ人形は、その体こそ人の手によるものですが——そこに宿っているのは、つい最近まで人間に宿っていた魂《たましい》ですの」

「……どういう……ことだ？」

「分かりやすく言えば——活キ人形は元は人間だったのです。得体《えたい》のしれない怪物《かいぶつ》などではなく、わたくしや乱歩さんと同じく、この日本国《にほんこく》で生活を送ってきた人間だったのです」

……乱歩は言葉を失う。

徐々《じょじょ》に彼女の台詞《せりふ》に実感を覚え——全身に嫌《いや》な汗《あせ》が滲《にじ》むのを感じる。

「実はね、かすてらさんに力をもらう前に、わたくし、そのことを教えていただいていたのです。活キ人形は、誘拐《ゆうかい》された人々の変わり果てた姿《すがた》だと。実際、人形座《ざ》事件のどさくさであまり報道《ほうどう》はされていませんでしたけれど、最近の日本国ではたくさんの人々が連続で姿を消していますわ」

……確かに、乱歩も最近行方不明《ゆくえふめい》になる人が続出《ぞくしゅつ》しているのは知っていた。

臼杵《うすき》とその事件について話したのを覚えている。

「つまりわたくしは――」

サエカは乱歩の目を見た。

「――人を、殺しているのです」

その顔に浮かぶ嗜虐的《しぎやくてき》な笑み《え》に――乱歩の背筋《せすじ》は凍《こお》り付いた。

「人形座事件の黒幕《くろまく》であろうとなかろうと――私は自らの意志《いし》で、自分の欲求にしたがって、たくさんの人を殺《あや》めている大量殺人鬼《たいりょうさつじんき》なのです」

たじろぐ乱歩を責めたてるように、サエカは続ける。

「これが悪人《あくにん》でなくて何だというのですか？　法律《ほうりつ》に則《のっと》って裁《さば》かれるのであれば、当然有罪《ゆうざい》。殺した人数《にんずう》を考えれば極刑《きょっけい》は免《まぬが》れません。ああ、もしかしたら、人形座よりもわたくしの方がよっぽど悪人なのかもしれませんわね。活キ人形が殺した都民《とみん》の数と、わたくしが殺した活キ人形の数――どちらが多いか、分かりませんもの」

そしてわたくしは、と、彼女は乱歩の目を見た。

「その事実から、逃げも隠《かく》れもする気はございませんわ。自分の行動を美化《びか》する気もございませんし――やっていること相応《そうおう》の、報《むく》いがあることも受け入れるつもりです」

「……」

部屋の中に沈黙《ちんもく》が下り――乱歩は自分の手が、酷《ひど》く震えていることに気が付く。

体中の筋肉《きんにく》がこわばる。

頭が熱を帯び始める。

そして――彼の脳裏《のうり》にはある記憶《きおく》が、目に焼き付いた光景《こうけい》が蘇《よみがえ》った。

――角筈《つのはず》ビルヂングの窓から落下《らっか》し、地面に叩《たた》きつけられた活《い》キ人形の死体《したい》。

「……僕は」

回らない舌《した》で、乱歩は言う。

「僕はあの日……角筈ビルヂングで……活キ人形を一体《いったい》、倒したんだ……」

「あら、そうでしたの」

「つまり……僕は……」

鉛《なまり》のように体が重くなるのを感じながら。

心が深く沈み込む感覚を味わいながら――

「……人を……殺したのか？」

――乱歩はサヱカに、尋《たず》ねた。

「そうなりますわね」

あっさり頷《うなず》き、サヱカは微笑《ほほえ》む。

「乱歩さんも、元《もと》人間の命を一つ奪《うば》ったのですわ。まあ、その時《とき》乱歩さんはその事実を知らなかった訳《わけ》ですし、数もわたくしよりはるかに少ないのですけれど」

「そういう問題では……ないだろう……」

手の震えは、もはや痙攣《けいれん》にも近いものになっていた。

「人を殺したという事実は……どうしたって、変わらないじゃないか……」

体の重みは、際限《さいげん》なく倍加《ばいか》していく。

胸元《むなもと》に、刃物《はもの》で突き刺すような痛みを覚える。

――人を殺してしまった。

不可抗力《ふかこうりょく》であれ正当防衛《せいとうぼうえい》であれ――自分は人の命を奪ってしまったのだ。

罪悪感《ざいあくかん》に、乱歩の心は押しつぶされそうになる。

それなのに――

「それもそうですわね」

――言って、サヱカはあははと笑った。

「どうあがこうと、わたくしたちはもう、立派《りっぱ》な『殺人者《さつじんしゃ》』ですわ」

――その表情が、あまりに普段《ふだん》通りで。

乱歩を嘲笑《あざわら》う時と全く区別のつかない笑顔で――乱歩はそれが、理解《りかい》出来ない。

「……何故《なぜ》君は、笑っていられる？」

乱歩は尋《たず》ねた。

「人を殺すなんて……そんな大罪《たいざい》を犯《おか》して……許されざる罪《つみ》を犯して……どうして平気《へいき》でいられる？」

――ようやく、彼女のことが理解出来たのだと思った。

悪人《あくにん》として糊塗《こと》された過剰《かじょう》な演出《えんしゅつ》の裏側《うらがわ》に、共感《きょうかん》出来る本心《ほんしん》を見つけた気がしていた。

しかし、今のサヱカの言葉は、表情は。

完全に、乱歩《らんぽ》の理解の埒外《らちがい》にあった。

「……何度も言っているではありませんの」

呆《あき》れたように首を振り、サヱカは溜息《ためいき》をついた。

「笑っていられるに決まっていますわ。平気でいられるに決まっていますわ。だってわたくしは――」

サヱカは、もう一度その顔に笑《え》みを浮かべた。

「――悪人《あくにん》なんですもの」

「……悪……人」

「必要であれば殺す、そうしたければ殺す。そこには後悔《こうかい》も苦悩《くのう》もあるはずがないのですわ」

――彼女は乱歩の顔を覗《のぞ》き込んだ。

「そのことは――何度もお話ししてきたでしょう?」

……ようやく、乱歩は理解した。

サヱカは、本当に、悪人なのだ。

冷酷《れいこく》で、残虐《ざんぎゃく》な、本物《ほんもの》の悪人なのだ。

分かり合えるかもしれないなんて、共闘《きょうとう》出来るかもしれないなんて——ただの幻想《げんそう》でしかなかった。

無言《むごん》で立ち上がり、身支度《みじたく》を始める。

「どうされるおつもりで？」

椅子《いす》に座り、乱れた服装《ふくそう》を直しながら、サヱカは尋《たず》ねた。

「……投降《とうこう》する」

感情を押し殺し、乱歩は答えた。

「もうこれ以上……君とはいられない。出来るだけ事情を話して、警視庁《けいしちょう》に捜査《そうさ》してもらうしかない」

「うまくいくと思いますの？」

「分からない。殺人罪《さつじんざい》に問われる可能性《せい》だってあるだろう。それでも、こうしている訳《わけ》にもいかない」

「そうですの。まあ、好きにするといいですわ」

言って、サヱカは一口紅茶《ひとくちこうちゃ》を飲んだ。

あくまで我関《われかん》せず、という表情でそこにはもう、怒りも動揺《どうよう》も見えなかった。

「ただ、実は一つ、調べていることがありますの。結果次第《しだい》によっては事態《じたい》はなかなか面白いことになりそうなのですけれど……それを待つ気は、ございません？」

「いいや……もう、僕は行く」

「そうですの」

では、と、サヱカは微笑《ほほえ》んだ。

「せいぜい、お元気で。次にお会いするのはどこでのことになるのかしらね。……良くて牢獄《ろうごく》、順当《じゅんとう》に言って――」

「――『地獄《じごく》』、といったところかしら」

部屋を出ていく乱歩《らんぽ》に、サヱカは手を振った。

そんな彼女に言葉を返すこともせず――乱歩は屋敷《やしき》を出ていった。

ただ、頭の中では、彼女の言う「地獄」という単語《たんご》が、繰り返し反響《はんきょう》し続けていた。

第四幕――191

FALLEN MAIDEN
GENOCIDE

presented by
MISAKI SAGINOMIYA
illustration
NOCO

——乱歩《らんぽ》が警視庁内《けいしちょうない》の留置所《りゅうちじょ》に入れられて、数日が経《た》った。

味もそっけもない朝食を摂《と》り、身の回りの掃除《そうじ》を終えたところで、

「——今日《きょう》の差し入れだ」

金属製《きんぞく》の扉《とびら》の小窓《こまど》から、新聞が何紙《なんし》か差し込まれる。

「ありがとうございます……」

礼《れい》を言い、傷の痛む腕を伸ばしてそれを受け取ると、乱歩は紙面を確認《かくにん》し始めた。

そして——数分後《ご》。

「……まあ、そうだろうな」

肩を落とし、落胆《らくたん》の声を漏《も》らした。

——人形座《ざ》事件容疑者《ようぎしゃ》、未《いま》だ口を割らず。

——墜落乙女《ついらくおとめ》の動向《どうこう》は不明《ふめい》。

——警視庁の捜査《そうさ》が及び、仲間割《わ》れか。

並ぶ見出しは全て、乱歩とサヱカが冤罪《えんざい》である可能性を一厘《いちりん》たりとも考えていないものだった。

森栖《もりす》による陸軍動員《りくぐんどういん》以来、乱歩たちは完全に「人形座事件自作自演《じさくじえん》の黒幕《くろまく》」と世間《せけん》に認識《にんしき》されているのだ。

……確かに、彼女は悪辣《あくらつ》だったし、自分は彼女について詳しすぎた。

自分たちが主犯であったと考えれば、収まりがいいことは間違いない。

それでも──事実、乱歩もサヱカも犯人《はんにん》ではないのだ。

一向《いっこう》に冤罪が晴れようとしない。自分の話は全く聞き入れてもらえない、というこの状況に、乱歩は日々失望感《しつぼうかん》を募《つの》らせていた。

こんなにも……誤解《ごかい》は浸透《しんとう》していくものなのか。真実は、隠《かく》され続けるものなのか……。

「……はぁ」

重厚《じゅうこう》な黒い扉《とびら》を見上げ、溜息《ためいき》を漏《も》らす。肺《はい》がしぼむのに合わせて、肋骨《ろっこつ》に鈍《にぶ》い痛みが走った。

もし、このまま真《しん》犯人が見つからなければ。自分の無実《むじつ》を証明《しょうめい》することが出来なければ。

……自分はここを、生きて出ることが出来るのだろうか。


「率直《そっちょく》に言えば……」

昼過《す》ぎの接見《せっけん》時間。苦しげな表情で、桔梗は唇《くちびる》を噛《か》んだ。

「今のところ、旗色《はたいろ》はかなり悪い……」

「……そうですよね」

期待をしないように努めてはいたが、はっきりそう言われると乱歩も肩を落としてしまう。

桔梗《ききょう》の後ろに付いてきていた睡蓮《すいれん》は、思いつめた表情で俯《うつむ》いていたが……一度乱歩の顔を見ると、ぽろぽろと涙をこぼし始めた。

「話した通り、私も独自《どくじ》に調査は進めているし、警視庁内《ない》にも君たちが主犯《しゅはん》ではないと考える者もいるよ……。帝都日日雑報《ていとにちにちざつぽう》の方々も皆心配していてな。今日《きょう》もほら、賜ヒ野《たまの》と同い年の記者が接見《せっけん》希望に来た。ただな……」

参《まい》り切った様子《ようす》で、桔梗《ききょう》は額《ひたい》に手を当てた。

「……警視《けいし》に協力的な署員《しょいん》が、あまりにも多すぎる」

「……なるほど」

この留置所《りゅうちじょ》に来て以来、乱歩《らんぽ》は森栖《もりす》警視の署内《しょない》における「権力」を、嫌《いや》というほど思い知らされてきた。

警視庁内《ちょうない》には、いくつもの派閥《はばつ》がありそれぞれがしのぎを削《けず》り合っており、その中でも最大派閥の頂点《ちょうてん》にいるのが森栖警視だったらしい。

あんな人間に追随《ついずい》する者がいるのかと乱歩は驚いたが、確かに彼には政府《せいふ》や軍部《ぐんぶ》とのつながりもあったようだし、署内政治の手腕《しゅわん》も確かなのだろう。彼に気に入られれば出世《しゅっせ》出来る可能性も高い、ということで、その意向《いこう》に従うものはかなりの数に上る。

ゆえに——桔梗のように、公平《こうへい》な立場から捜査《そうさ》を続けているものは少数。

残りのほとんどは、警視の指示《しじ》に唯々諾々《いいだくだく》と従うばかりだった。

こんなことなら、臼杵《うすき》に政財界《せいざいかい》と警視庁のつながりについて、教えを乞《こ》うておけばよかった。

「ひとまず、私はこれからも捜査を続ける。協力してくれる者も募《つの》り続けるよ。だからどうか……気持ちを強く持っていてほしい」

「……分かりました」

連日《れんじつ》の厳《きび》しい取り調べで、乱歩は酷《ひど》く消耗《しょうもう》しつつあった。

怒鳴《どな》られ、殴《なぐ》られ、ひたすら追い詰められる警視の取り調べは——事実の追及というよりも、もはや拷問《ごうもん》そのものだ。現在も、取り調べの際に出来た傷が体中で疼《うず》いている。

ただ——それでも乱歩は「事件の真実」を世に広める、という意思《いし》を捨ててはいなかった。冤罪《えんざい》を晴らし、自分が犯《おか》してしまった罪《つみ》を償《つぐな》わなければならない。警察機構《けいさつきこう》の腐敗《ふはい》を公表し、組織《そしき》の改善を促《うなが》さなければいけない。

どうしても消えないその意思《いし》だけが——今、追い詰められた乱歩の精神を、ギリギリのところで保っていた。

「——取り調べの時間だ」

桔梗の背後で扉《とびら》が開き、森栖警視がやってくる。

「ちょうどいい、火ノ星《ひほし》たちも立ち会え。今日という今日は——その男に白状《はくじょう》させねばならんのでな」

＊

警視が右手に握った警棒《けいぼう》を勢いよく振り下ろす。

脳天《のうてん》に鈍い衝撃《しょうげき》が走り、乱歩《らんぽ》の意識《いしき》はぐらりと遠のいた。

しかし、床に倒れかけたところで警視《けいし》に髪《かみ》をつかまれ、

「おっと、まだ眠られては困るのだ」

乱歩は再び、跪《ひざまず》く形で警視の前に座らされた。

「いい加減《かげん》、口を割ってはくれんものか……」

腕を組み、参《まい》ったような表情で警視は乱歩を見下《みお》ろした。

「このまま君が情報を秘匿《ひとく》したところで、痛みが続くばかりなのだぞ？　自分が犯《おか》した罪《つみ》を認め、その経緯《けいい》を話すだけで、君は苦痛から解放されるのだが……」

——既《すで》に、取り調べという名の「拷問《ごうもん》」は、一時間以上に及んでいた。

警視は開始直後《ちょくご》から乱歩に「肉体的苦痛」を与え、事実上の自白《じはく》の強要を続けている。

「自分は何もしていません……」

口の中に血の味を感じながら、乱歩はこれまでしてきた主張を繰り返した。

「していないことを……認めることは出来ません」

「……はあ」

森栖《もりす》は溜息《ためいき》をつき——もう一度、警棒《けいぼう》で乱歩の頬《ほお》を打った。

「……これ以上、わしも君に割《さ》く時間はないんだがな……、より強い苦痛が必要と判断《はんだん》するしかなかろうが……」

「……警視」

傍《そば》で見ていた桔梗《ききょう》が、耐え切れない様子《ようす》で声を上げた。

「彼は無実《むじつ》を主張しています……それなのに、このように暴行《ぼうこう》を加えるのは……人道《じんどう》に反します……」

その顔は硬くこわばっている。

この状況で森栖に反抗《はんこう》することがいかに危険か、よく理解《りかい》出来ているのだろう。

彼女の隣《となり》では、睡蓮《すいれん》が両手で顔を押さえ、嗚咽《おえつ》を噛《か》み殺していた。

「犯罪者は皆……無実を主張するのだよ」

言いながら、警視は警棒の柄《え》で乱歩の頭を小突《こづ》いた。

「そして『痛み』は、人間を動かすもっとも原始的《げんしてき》で確実な方法だ。これがなければ、何人の極悪人《ごくあくにん》が裁《さば》かれないまま野放《のばな》しにされていたか分からん。さらに、今回の事件は帝都《ていと》全体を混乱に陥《おとしい》れ、沢山《たくさん》の帝都民《みん》が犠牲《ぎせい》になった大《だい》事件だ。であれば――」

警視は右足で――乱歩の腹を蹴《け》りつけた。

凄《すさ》まじい痛みと嘔吐感《おうとかん》に襲《おそ》われ、乱歩は咳《せ》き込む。

「――その容疑者《ようぎしゃ》の取り調べには、相応《そうおう》の痛みを用意して臨《のぞ》まなければならない」

あまりに手前勝手《てまえかって》な理屈《りくつ》に――乱歩は激しい怒りを覚えた。

この男の行動は全て「自白《じはく》」を引き出すためのもので、決して「事実」を明らかにするためのものではない。

これまでも――警視《けいし》はこんな方法で、容疑者《ようぎしゃ》の取り調べを行ってきたのだろうか。

だとしたら……何人の無実《むじつ》の人が、ありもしない自らの罪《つみ》を「自白《じはく》」してきたのだろう。

「さあ、早く口を割りたまえ」

森栖《もりす》は何度も、ブーツをはいた足で乱歩《らんぽ》を蹴《け》りつける。

そして――

「そのような不誠実《ふせいじつ》な態度では――郷里《きょうり》のご両親の顔に泥《どろ》を塗ることにもなるのだぞ？」

――憐《あわ》れむような声で、そんな言葉を続けた。

「これ以上、親不孝《おやふこう》を続けていいものかね……？　早く罪を認め、厳粛《げんしゅく》に裁《さば》きを受けることが、今君に出来る最大の孝行《こうこう》だと思うのだが」

乱歩は歯を食いしばった。奥歯が耳障《みみざわ》りな音をたてて軋《きし》む。

――一体、何を。

この男は……自分たち家族の何を分かるというのだろう。

ありもしない罪を着せられ、苦しんだ自分たち家族の気持ちを、ありもしない罪を着せる側の人間が、どうやって理解《りかい》出来るというのだろう。

「……覚えていろ」

呪詛《じゅそ》に近い言葉が、乱歩の口から零《こぼ》れ落ちた。

「真相《しんそう》が明らかになり……僕がここを出た暁《あかつき》には……」

「……ん？　どうするというのだ？」

「……お前の杜撰《ずさん》な捜査《そうさ》や、違法《いほう》な取り調べの実態《じったい》を、国中《くにじゅう》に報道《ほうどう》してやる……」

「……なるほど」

髪《かみ》をつかんでいた手を離し、森栖警視は近くにあった椅子《いす》に腰掛けた。

「つまり君は……解放され次第《しだい》わしに報道の裁きを下すと、そう言いたいのかね……？」

「その通りだ……こんなことが明るみに出れば、免職《めんしょく》どころでは済まない……。今度は、お前が裁かれる番だ……」

「……賜《たま》ヒ野《の》！」

桔梗《ききょう》が慌《あわ》てたように声を上げるが、

「ううむ……」

わざとらしく鼻から息を吐き、警視は首を振った。

「残念だな。そのような公務を妨害《ぼうがい》するような発言があれば、記録をしなくてはならない……」

「……！」

「これが明らかになれば、裁判《さいばん》でも心証《しんしょう》は悪くなってしまうのだが……」

そこに来て乱歩は——自分が罠《わな》にかかったことを理解した。

警視の拷問《ごうもん》は、自白《じはく》を引き出すためだけのものではない。

失言《しつげん》を誘い、それを裁判で報告するためのものでもあったのだ。

調書《ちょうしょ》に書きつけている覚書《おぼえがき》も、彼に都合《つごう》のいい脚色《きゃくしょく》をしているだろう。

それが法廷《ほうてい》で読み上げられれば——判決《はんけつ》は、より真実から遠のいたものになってしまう。

「いやあ、実に残念だ……」

ペンを置くと、警視《けいし》は椅子《いす》にふんぞり返り、乱歩《らんぽ》を見下《みくだ》した。

「こうなってしまうと、お前の記者業《きしゃぎょう》復帰《ふっき》は難しそうだな……一生檻《おり》の中か、あるいは極刑《きょっけい》か……どちらにせよ、重い刑罰《けいばつ》が科されるだろう」

「……警視！」

桔梗《ききょう》が叫んだ。

彼女は警視を睨《にら》みつけ、拳《こぶし》をぎゅっと握っている。

そして、食いつかんばかりの勢いで彼の元に歩み寄ると、

「さすがに今の言《げん》は、看過《かんか》いたしかねます！」

声を荒げ、そう主張した。

「容疑者《ようぎしゃ》にも、真《ま》っ当《とう》な取り調べを受ける権利《けんり》があります！　しかし、警視はそれを完全に無《む》視《し》している！　私は巡査部長《じゅんさぶちょう》として、警視に取り調べのやり直しと、今後の賜《たま》ヒ野《の》容疑者に対する待遇《たいぐう》の改善《かいぜん》を——」

「——調子に乗るな！」

——桔梗の頬《ほお》に、警視の平手《ひらて》が飛んだ。

パン、と乾いた音がして、桔梗はよろめいた。

「貴様《きさま》、上官《じょうかん》であるわしに刃向《はむ》かうのか！　わしの手にかかれば、新米《しんまい》以下に降格《こうかく》させることもたやすいのだぞ！」

桔梗は目を見開き、頬を押さえる。

「……ふん、そうやって黙《だま》って見ていればいいのだ。もう一度同《おな》じことをすれば、今度はただじゃ済まんことを、その体で覚えておけ！」

警視はもう一度手《て》に警棒《けいぼう》を握り——桔梗に向けて振りかぶった。

桔梗が目をつぶり、睡蓮《すいれん》が短く悲鳴《ひめい》を上げる。

その光景《こうけい》に——乱歩の身体《からだ》に、熱いものが沸《わ》き起こった。

——桔梗が殴《なぐ》られる。

——自分に降りかかる理不尽《りふじん》に、巻き添えになって。

反射的に——脚《あし》に力をこめた。

ふらついたまま地面を蹴《け》り、腰を落として身をかがめ——

「……ぐぁ！」

——警視に体当たりした。

肉のつきすぎた腹に乱歩の肩がめり込み——警視はその場にもんどり打って転がる。

「賜ヒ野《たまの》……！」

桔梗《ききよう》が血相《けつそう》を変え叫ぶ。

「何してるんだ、お前……そんなことしたら……！」

「黙《だま》っていられる訳《わけ》ないでしょう！」

頭に痛みを抱えたまま、乱歩《らんぽ》は叫び返した。

「冤罪《えんざい》で、こんな目に遭《あ》って……おまけに桔梗さんまで殴《なぐ》られそうになって、放っておけるはずない！」

「……そうか、そうか」

……呻《うめ》くように言い、森栖《もりす》警視《けいし》がゆっくりと立ち上がる。

どこかにぶつけて切ったのか……頭からは、真《ま》っ赤《か》な血が流れ出していた。

「賜ヒ野容疑《ようぎ》者《しや》は……取り調べ中担当警官《たんとうけいかん》に襲《おそ》い掛かり、重傷《じゆうしよう》を負わせるか……」

「——どうされました！」

物音に驚いたらしい、複数の警官が取調室《とりしらべしつ》に駆《か》け込んでくる。

「容疑者が暴《あば》れて負傷《ふしよう》した……」

手の甲《こう》で顔の血をぬぐい、警視は警官たちの方を向いた。

「今も我々に危害《きがい》を加える意思《いし》がある。こちらの被害《ひがい》を考えれば——ここで『処分』しなければならない」

言いながら——森栖警視は、ゆっくりと腰のサーベルを抜いた。

金属《きんぞく》のこすれる音が響《ひび》き、銀色《ぎんいろ》の刃《やいば》が鈍く煌《きら》めいた。

——「処分」。その単語《たんご》が、乱歩の頭の中を廻《まわ》った。

——ここで「処分」する？

つまり……これから自分はここで——殺されるのか？

「……容疑者を押さえろ、私が直々《じきじき》に手を下す」

「……はっ！」

緊張《きんちょう》の面持《おもも》ちで、警官たちは乱歩を取り押さえた。

身をよじって逃げようとするが、力任《まか》せに押さえつけられ抜け出すことが出来ない。

「警視！」

そう叫び、止めに入ろうとした桔梗も——続いて入ってきた警官たちに羽交《はが》い絞《じ》めにされた。

そして、部屋の中心で、警視はどこか憐《あわ》れむように目を眇《すが》めると——

「……『権力《けんりょく》』に刃向《はむ》かった自分を、あの世で後悔《こうかい》するのだな」

——静かにサーベルを振りかぶった。

「貴様《きさま》は少々——人間に期待しすぎたのだ」

——殺される。

そのことを強く実感《じっかん》し——乱歩の血は沸騰《ふっとう》しそうになった。

——犯人《はんにん》ではない自分が、容疑者《ようぎしゃ》として収監《しゅうかん》され、拷問《ごうもん》を受けた。

そして、そのおかしさを訴えた桔梗《ききょう》が暴力《ぼうりょく》により押さえつけられ、降格《こうかく》の危機《きき》に瀕《ひん》している。

さらに、それら不条理《ふじょうり》の原因である男は——今後も警察機構《けいさつきこう》の上層《じょうそう》で君臨《くんりん》し続ける。

間違いだらけだ。

この世はおかしいことだらけじゃないか。

父が被《こうむ》った冤罪《えんざい》と同等《どうとう》の出来事《できごと》が、理不尽が——今もこの世に蔓延《はびこ》り続けている。

のさばっているのは悪人《あくにん》ばかり。そうでない者は、彼らの暴虐《ぼうぎゃく》の下《もと》苦しめられている。

——そんなものはもはや地獄じゃないか。

なぜこの世界は——そんな有様《ありさま》になってしまったのだろう。

条理や道理《どうり》が無視《むし》され、暴力が法となってしまったのだろう。

——乱歩《らんぽ》の心を、絶望が雨雲《あまぐも》のように覆《おお》っていく。

——この世にある全てのものに、失望《しつぼう》を覚える。

そんな風《ふう》にこの世が回っているのなら——いっそのこと、全て滅《ほろ》びてしまえばいい。

全てが消えて、なかったことになってしまえばいい。

しかし、乱歩はそう思いかけて……胸にわずかな希望が残されていることに気が付いた。

——火《ひ》ノ星《ほし》姉妹だ。

自分が殺されたあとも、彼女たちの受難《じゅなん》は続くかもしれない。

それでも——彼女たちなら。正義感《せいぎかん》にあふれる彼女たちなら——いつかこの世を、少しはましな方向に導いてくれるのではないだろうか。

そうであってほしいと、乱歩は願う。

そして……なぜだろう。

火ノ星姉妹以上《いじよう》に彼女のことが——蓋《けだ》シ野《の》サヱカの事が、乱歩の脳裏《のうり》には浮かんでいた。

訳《わけ》も理由も分からず、乱歩は、彼女に会いたいと思った。

最後にもう一度、話がしたいと思った。

あの——美しい極《ごく》悪人に。

それでも——その願いはもう、叶《かな》わない。

「では——死ね」

警視がそう言い、腕に力を込める。

乱歩は静かに覚悟《かくご》を決め、目をつぶった。


——その時だった。


——どこか遠くで、音がする。

岩を砕《くだ》くような、ガラスを割るような——聞き覚えのある響《ひび》き。

「……なんだこの音は⁉」
サーベルを下ろし、警視《けいし》は辺りを見渡した。
警官《けいかん》たちも、不穏《ふおん》な振動《しんどう》に表情を曇らせる。
徐々《じょじょ》に音が近くなり、乱歩《らんぽ》は気が付いた。
これはあの時……強制捜査《きょうせいそうさ》の日に、角筈《つのはず》ビルヂングで聴《き》いた音だ。
屋上で怪我人《けがにん》の手当てをしながら、階下《かいか》から聞こえていた音。
つまり――。
次の瞬間《しゅんかん》――取調室《とりしらべしつ》の天井《てんじょう》が、円形に切り取られ、轟音《ごうおん》を立て床に落下《らっか》した。
そして、天井に開いた丸い穴から――ゆっくりと、彼女が下りてきた。
細い体を真紅《しんく》のドレスに包み、手には黒い日傘《ひがさ》。
小さな頭の後ろには魔方陣《まほうじん》が浮かび、整った顔に見下《みくだ》すような笑《え》みを浮かべる少女。
――墜落乙女《ついらくおとめ》。
警視が腰を抜かし、その場にへたり込む。
桔梗《ききょう》は驚愕《きょうがく》に目を見開き、睡蓮《すいれん》は真《ま》っ青《さお》な顔で彼女を見上げていた。

「──ご機嫌《きげん》よう。皆様お揃《そろ》いで」

サヱカは音もなく床に降り立ち、乱歩の前まで歩く。

「あら、生きてらっしゃるのね。乱歩さんも悪運《あくうん》の強いこと」

彼女は乱歩の顔を覗《のぞ》き込み、さほど興味《きょうみ》もなさそうに視線を室内に戻した。

「──貴様《きさま》！　何をしに来た！」

腰を抜かしたまま、警視が怒鳴《どな》り声を上げる。

「まさか……共犯《きょうはん》である賜ヒ野《たまの》を、逃亡《とうぼう》させに来たのか！」

呆然《ぼうぜん》とした頭で、乱歩はサヱカを見る。

……そうなのだろうか？

サヱカは自分を助けるためにきたのだろうか？

「いいえ、違いますわ」

サヱカは首を振る。

「結果としては、そうなりますけれど……本来の目的は、『あるお方』に会うことですのよ」

サヱカは踵《きびす》を返し数歩《すうほ》歩くと──「ある人物」の前に立つ。

そして──

「こんにちは。ずいぶんとお元気そうで」

そう言って──「彼女」に微笑《ほほえ》みかけた。

「今日《きょう》はあなたに用がありましたのよ——人形座《ざ》座長《ざちょう》様」

——サヱカが向かい合ったのは。

——穏《おだ》やかな笑《え》みを向けているのは。

「……な、何を言っている……？」

全く理解《りかい》出来ない様子《ようす》で、目を白黒させている——警視庁《けいしちょう》、人形座事件特別捜査《とくべつそうさ》班所属《はんしょぞく》、巡《じゅん》査部長《さぶちょう》。

——火《ひ》ノ星桔梗《ほしききょう》だった。

＊

「私が……人形座座長……？」

唖然《あぜん》とする桔梗の周囲で、警視も警官《けいかん》もぽかんと口を開けている。

そして、乱歩《らんぽ》も——サヱカの発言の現実味《み》のなさに、言葉を失っていた。

「君は……本気《ほんき》で言っているのか？」

「ええ、そうですわ」

尋《たず》ねる桔梗に——サヱカは迷いも不安も一切垣間《かいま》見せず、そう言い切った。

「あなたが、今回の人形座事件の主犯《しゅはん》——人形座座長です」

「……冗談《じょうだん》はやめてくれ」

当惑《とうわく》のあまりか、桔梗の表情には、わずかに笑《え》みすら浮かんでいた。

「そんな訳《わけ》が……ないだろう。君は何をしにここに来たんだ……？　そんな出鱈目《でたらめ》を言うために、こんなことを……？」

「……ふむ、よろしいですわ」

桔梗の態度に、サヱカはパンと手を打った。

「シラを切るというのであれば、教えて差し上げますわ——わたくしがあなたを、座長だと判《はん》断《だん》した理由を」

「最初に疑いを抱いたのは、角筈《つのはず》ビルヂングの一件の際でしたわ」

取調室《とりしらべしつ》の椅子《いす》に腰掛け、サヱカは説明を始める。

「あの日の活《い》キ人形による襲撃《しゅうげき》は、少々特殊《とくしゅ》なものでした。それまでの突発的《とっぱつてき》な襲撃とは異なり、まるでわたくしや警視庁の捜査員《いん》を殲滅《せんめつ》するために行われたような印象《いんしょう》でした」

混乱した頭のままで、乱歩は彼女の話を聴《き》く。

確かに自分も、あの襲撃には全く同じような印象《いんしょう》を抱いていた。偶然《ぐうぜん》活キ人形があの場に大量に湧《わ》いた、という風《ふう》には考えられないだろう。

「ただ、そうであればおかしいではないですか。強制《きょうせい》捜査自体《じたい》はともかくとして、それにわたくしが参加することを知っているのは、ごく限られた人々だけのようでしたから。つまり、その限られた人間、わたくしと乱歩《らんぽ》さん、警視《けいし》に桔梗《ききょう》さんに、睡蓮《すいれん》さんのうちの誰《だれ》かが、座長《ざちょう》の正体《しょうたい》であるかもしれない」

「……そんな常識《じょうしき》が通用《つうよう》する相手だろうか？」

桔梗は尋《たず》ねる。

「活《い》キ人形、などという条理《じょうり》外の存在による襲撃《しゅうげき》だ、君の能力や何かを感知《かんち》して、大量に襲《おそ》い掛かってきた可能性《せい》もあるだろう？」

「その通りですわね」

素直にサヱカはそれを認めた。

「ですから、あくまで可能性の話にはなってしまいますわ。さらに可能性の話を重ねますが、わたくしの捜査《そうさ》参加を知っていた者の中で、最も怪《あや》しいと感じたのは桔梗さんでした。だって——角筈《つのはず》ビルヂングで、座長登場以降《いこう》にあなたの姿《すがた》を見た者がひとりもいないんですもの」

……それも事実だ。

自分は睡蓮、警視と常に行動を共にしていた。サヱカだって、捜査員《いん》に聴《き》けば座長と戦闘《せんとう》していたことが間違いなく確認《かくにん》出来るだろう。

しかし——裏口《うらぐち》にいたという桔梗だけは、完全なる単独《たんどく》行動を続けていた。

「それは、確かにその通りだが……」

桔梗は不機嫌《ふきげん》そうに顔をしかめた。

「可能性はあくまで可能性だ。その程度のことで犯人扱《はんにんあつか》いとは、失敬《しっけい》にもほどがある」

「もちろん、これはあくまで疑い始めたきっかけに過ぎません」

サヱカは話を続ける。

「ちなみにここまでは、そこの乱歩さんも気付いていたことですわ。ねえ、そうでしょう？乱歩さん。あなたも、同じことを考えてらしたわよね？」

突如《とつじょ》話を振られ――乱歩はおずおずとうなずく。

実は乱歩も、角筈ビルヂングで桔梗の姿を見た者がいない段階で――ほんの一瞬《いっしゅん》、疑いを抱いていたのだ。

「でもこの人は、それ以上調査《ちょうさ》をしなかったわけですわ。あなたを、桔梗さんを信じていたから。まったく、本当に詰《つ》めの甘い事で……」

サヱカは見下《みくだ》すような視線を乱歩に向け、けらけらと笑った。

「さて、乱歩さんとは違い、わたくしはその後《あと》調べ物を始めましたわ。例えば桔梗さんの身辺《しんぺん》や、家柄《いえがら》にまつわることに関して。そのお話をさせていただきたいのですけど……まず前提《ぜんてい》として、活《い》キ人形には『人の魂《たましい》』が宿っている、ということをご存じいただきたいのです」

サヱカは説明した。

活キ人形には、全国で誘拐《ゆうかい》された者の魂が宿っているということを。

実際に、様々《さまざま》な地方で行方不明者《ゆくえふめいしゃ》が続出《ぞくしゅつ》していることを。

……もっとも、相手は警察官《けいさつかん》だ。後者《こうしゃ》に関しては、既《すで》に知っていたようだったが。

「そして、その『誘拐《ゆうかい》』が発生した街は、全国津々浦々《つつうらうら》何の脈絡《みゃくらく》もなく分布《ぶんぷ》しているように思われたのですが……調べるうちに、ある共通項《きょうつうこう》が見つかりましたわ」

「……どんな共通項だ？」

「——桔梗《ききょう》さんの家系《かけい》である、菱川財閥《ひしかわざいばつ》の貧困院《ひんこんいん》がある、ということですわ」

その話に——警視《けいし》が口をぽかんと開ける。

どうやら、火ノ星《ひほし》姉妹が財閥令嬢《れいじょう》であることは知らなかったらしい。

「誘拐された人々は皆一様《みないちよう》に生活に困窮《こんきゅう》しており、一部は貧困院周辺《しゅうへん》での目撃《もくげき》情報もあったようです。つまりこれは……貧困院を訪れた者の中から、活キ人形のために魂を抜く候補者《こうほしゃ》を選び出していた、ということではありませんの？　先日、桔梗さんは『ほぼ』菱川との縁《えん》が切れている、とおっしゃっておりましたわね。その『ほぼ』に当てはまらないのが、この貧困院だったのではありませんか？」

……乱歩《らんぽ》はふと、サヱカと言い争ったあの日のことを思い出す。

彼女はあの時「もう少しで面白いことが分かる」と言っていた。

もしかしてそれは……この貧困院の話を指していたのだろうか……。

ただ……やはり証拠《しょうこ》としては、ずいぶん弱いと思う。

偶然《ぐうぜん》だ、と言う方が、説得力《せっとくりょく》があるように感じられる。桔梗が人形座座長《ざざちょう》だ、などという突拍子《とっぴょうし》もない説に比べれば。

「……いい加減《かげん》にしてくれないか」

声にいら立ちをにじませ、桔梗は吐き捨てるように言った。

「確かに、私たち姉妹は現在も菱川貧困院の運営に携《たずさ》わっている。それは隠《かく》しようもない事実だよ。だが君は本当に、そんな甘い証拠《しょうこ》で私を犯人《はんにん》扱いしているのか？　このところ、少しばかり君のことを見直していたのだが……どうやら買い被《かぶ》ってしまっていたようだな」

「……あまり焦《じ》らすのも良くないですわね」

ふう、と吐息《といき》を漏《も》らし、サヱカはもう一度《いちど》桔梗の顔を見ると、

「では、明白《めいはく》な証拠をお見せいたしましょう――」

そう言って――「あるもの」を取り出した。

「――これですわ」

白く細い彼女の手に、取調室《とりしらべしつ》中の視線が集まる。

そこにあったのは――髪《かみ》だった。

黒く艶々《つやつや》の、わずかな量の髪の毛の束《たば》。

「……なんだ、それは」

「桔梗さんの髪ですわ」

サエカは指で、その表面をどこか淫《みだ》らに撫《な》でる。

「角筈《つのはず》ビルヂングでの戦いの際、少しだけ魔術《まじゅつ》でいただいておいたのです。どうしても——成《せい》分《ぶん》調査にかけてみたくって」

……確かに、あの日サエカは桔梗《ききょう》の髪《かみ》を褒《ほ》め、それに触れていた。

あの時に、わずかに切り取って持って帰っていた、ということか……。

しかし……そんなことをして何になるのだろう。

成分調査などして、一体何が分かるのだろう。

相変わらず、乱歩《らんぽ》は彼女の意図《いと》が分からないが——ふと目をやった桔梗の表情がこわばっていて。悪い予感《よかん》が、黒い雲のように胸に広がっていく。

「そして、つい先ほど結果が出たのですけれど——これ、人間の髪の毛ではなく、馬の鬣《たてがみ》でしたわ」

——ざわめきが、取調室内《とりしらべしつない》に走った。

「ど、どういうことだ……！」

警視《けいし》が目を白黒《しろくろ》させ、サエカに尋《たず》ねる。

「人間の頭から馬の鬣が生《は》えるだと……？　そんなこと、ある訳《わけ》が……」

「——人間ではないのですよ」

あっさりと、サエカはそう言った。

「そこにいる桔梗さんは、彼女の体は、人間のそれではないのです」

――桔梗の表情が、見るからに硬くなっていく。

そしてその背後で――睡蓮《すいれん》は今にも卒倒《そっとう》しそうな表情で、その身を戦慄《わなな》かせていた。

「皆さま、人形座座長《ざざちょう》の戦闘《せんとう》は覚えてらっしゃるでしょう？　踏み込みは大理石《だいりせき》が割れるほど、飛び込めば竜巻《たつまき》に見えるほどのずば抜けた身体《しんたい》能力でしたわ。あれはつまり――自身も活《い》キ人形、ということなのです。それも、他の活キ人形よりも精巧《せいこう》に、高機能《こうきのう》に作られた。ですから、座長である桔梗さんは――表面は桐材《きりざい》で、内部は金属《きんぞく》で、目はガラス玉で、そして――髪は馬の鬣で作られた、活キ人形の身体《からだ》を有しているのです。……そうそう、先日《せんじつ》桔梗さんとお食事した際にも、紅茶《こうちゃ》を入れた熱湯《ねっとう》が指にかかったというのに、全く火傷《やけど》されていませんでしたわね？　それも当然ですわ――その体は、生き物とは全く違う作りなのですから」

椅子《いす》に腰掛けたまま、サヱカは桔梗の方を向いた。

「いかがです？　桔梗さん。これでもまだ、自分は座長ではないと言い張られます？」

桔梗は言葉を返さない。

「……もしそうされるようでしたら、申《もう》し訳《わけ》ないのですが一度《いちど》体を調べさせていただけませんか？　純潔《じゅんけつ》な乙女《おとめ》の体を無粋《ぶすい》な科学の手にかけさせるのは、わたくしとしても心苦しいのですけれど……是非《ぜひ》、自分が活キ人形ではないと、証明《しょうめい》していただきたいのです」

……桔梗は目を瞑《つむ》り、俯《うつむ》いた。

取調室《とりしらべしつ》に、重く張りつめた静けさが広がっていく。

誰《だれ》もが息を殺し、身をこわばらせ、桔梗《ききょう》の反応を待っていた。

そして――永遠《えいえん》にも感じられる沈黙《ちんもく》ののちに、

「……なるほど」

桔梗は呟《つぶや》き顔を上げると、困ったように笑った。

「そこまでされては……認めざるをえないな」

「墜落乙女《ついらくおとめ》の言う通り――私が人形座《ざ》座長《ざちょう》、火《ひ》ノ星《ほし》桔梗だ。今回の事件の首謀者《しゅぼうしゃ》は――私だよ」

張りつめていた空気が、限界を超えて真空《しんくう》のような緊張感《きんちょうかん》をはらんだ。

警視《けいし》は額《ひたい》にだらだらと汗《あせ》を流し、警官《けいかん》たちはサーベルにかけた手を震わせている。

「……嘘《うそ》でしょう」

緊迫《きんぱく》の隙間《すきま》をくぐるようにして、乱歩《らんぽ》は尋《たず》ねた。

「嘘ですよね、桔梗さん……。だって、あんなに悪が許せないって……理不尽《りふじん》に苦しむ人を減らしたいんだって、そう言っていたのに……」

目が妙《みょう》にチカチカする。喉《のど》が渇《かわ》いて仕方がない。

この期《ご》に及んで乱歩は――桔梗が座長だと、信じられずにいた。

いや——信じたくないと思った。

彼女だけは、仲間だと思ったのだ。この最悪の世の中で、信じられると思ったのだ。

それなのに、彼女が人形座座長だとしたら……乱歩は何を信じ、どう生きていけばいいというのだろう。

「冗談《じょうだん》でしょう？　そうだと言ってください……」

しかし——

「……すまない」

——本心《ほんしん》から申《もう》し訳《わけ》なさそうに、桔梗は首を横に振った。

「それでも事実——私がやったことなんだ。角筈《つのはず》ビルヂングで戦闘《せんとう》をけしかけたのも、こうやって、お前が冤罪《えんざい》で取り調べを受けているのも……墜落乙女を排除《はいじょ》するために、私が仕組んだことだよ」

その言葉に——乱歩の心は全ての支えを失った。

体中の力が抜けていく。

その目から光を失いながら、彼は板張《いたば》りの床にへたり込んだ。

「——さて、ようやくこうやってお会いすることが出来た訳《わけ》ですし」

場をとりなすかのような声で、サヱカが話を続ける。

「わたくし、どうしても座長様《ざちょうさま》に訊《き》きたかったのです。どうして、あのような事件を起こされたのか。よければ、お教えいただけないかしら？」

「ほう……」

意外《いがい》そうな表情で、桔梗《ききょう》は顎《あご》に手をやる。

「問答無用《もんどうむよう》で殺し合いかと思っていたが、理由を聴《き》いてくれるのかい。あそこまで憎々《にくにく》しげに、活《い》キ人形たちを殲滅《せんめつ》しておいて」

「ええ、もちろんですわ」

どこか軽やかな仕草《しぐさ》で、サヱカは首を縦《たて》に振った。

「わたくしも、何かのために人を殺《あや》めることを否定《ひてい》出来ない立場におりますから。なのでお話を伺《うかが》って、その上で放置《ほうち》するか、協力するか——あるいは殺すかを決めさせていただきますわ」

「——『正義《せいぎ》』のためだ」

はっきりと、恥《は》じることも、怖《お》じることも、躊躇《ためら》うこともなく、桔梗は言い切った。

「他の何でもない、私はただ『正義』のために、人形座《ざ》事件を起こしたんだ」

「ふうむ……」

口元《くちもと》に手を当て微笑《ほほえ》むと、サヱカは小さく首を傾《かし》げた。

「……詳しくお聞かせくださる？」

「ああ、そうさせてもらおう」

二、三度咳払《せきばら》いし、桔梗はその目を細めると――昔話《むかしばなし》でもするように語り出した。
「どこから……話すべきだろうか。本当に最初のきっかけとなると……十五年ほど前のことになるな」

「先日お話しいただいた、事件の起きた頃《ころ》ですの？」

「その通りだ。その頃、私の友人だった女の子の家に強盗《ごうとう》が入った。そして彼女は、警官隊《けいかんたい》に追い詰められた犯人《はんにん》によって無残《むざん》にも殺されてしまった。以来、私は同じような悲劇《ひげき》が繰り返されないためにも、警官になるための勉強や修練《しゅうれん》を始め――十数年後、めでたくこの森栖《もりす》警《けい》視《し》の部下《ぶか》として働くこととなった。この国初《はつ》の、女性警官になれた訳《わけ》だ」

当時を思い出すように、彼女はその頬《ほお》を緩《ゆる》める。

「あの時は、有頂天《うちょうてん》だったよ。誰《だれ》からも『女が刑事《けいじ》なんて無理《むり》だ』と言われていたからね、それを成《な》し遂げてやった喜びと、これから自らが正義《せいぎ》のために身を尽くせる嬉《うれ》しさに、私は舞い上がっていた。だが――」

桔梗は視線を落とし、

「――その喜びは、あっという間に失望《しつぼう》に変わった」

吐き捨てるように続けた。

「その男――森栖警視は、そして警察機構《けいさつきこう》は――救いようがないほどに腐敗《ふはい》していたのだ」

――「その男」呼ばわりに、森栖が目をむく。

しかし、桔梗《ききょう》に醒《さ》めた視線を向けられ――尻込《しりご》みするように彼は口を閉じた。

「その酷《ひど》さがどれほどのものかは、この取調室《とりしらべしつ》の様子《ようす》を見ても分かるだろう。平然と容疑者《ようぎしゃ》を拷問《ごうもん》にかけ、自白《じはく》を強要《きょうよう》する。それがうまくいかない場合は、言葉尻《じり》をとらえて悪《あ》しざまに調書《ちょうしょ》を書き、犯人《はんにん》に仕立て上げる。その結果、何人の者が冤罪《えんざい》で裁《さば》かれたかは到底《とうてい》分からない。さらに、だ――」

そう言うと――桔梗は部屋中《じゅう》を。

部屋の中にいる警察官《かん》たちを、一人ひとり睨《にら》みつけ始めた。

「――周囲の者も、この男に媚《こ》びへつらうばかり。政治力《りょく》だけは一人前《いちにんまえ》以上だからな、この男に嫌《きら》われると出世《しゅっせ》が望めないんだ。では、そんな人間で組織《そしき》された集団が、刑事《けいじ》事件を解決しようとするとどうなるか。そんなことは火を見るよりも明らかだろう。捜査《そうさ》は遅々《ちち》として進まず、凶悪犯《きょうあくはん》を取り逃《のが》し、その結果――助かったはずの都民《とみん》の命が、次々奪《うば》われていく。そんなことを、この男たちは何十年も続けてきたのだ。そして――ある日、過去の捜査報告書《ほうこくしょ》を見ていた私は驚くべき事実を知った」

皮肉《ひにく》な表情で――桔梗は嗤《わら》った。

「十五年前《まえ》のあの事件で――私の友人が死んだあの事件で、警官隊《けいかんたい》の指揮《しき》を執《と》っていたのは――この森栖《もりす》警視《けいし》だったんだ」

――取調室内《ない》がどよめく。

そしてその中心で森栖は、呟《つぶや》くようにぶつぶつ言うが、

「十五年前……」

どうしても思い出せないらしい。顔中に汗《あせ》を浮かべ、その目を泳がせている。

「……まあ、思い出せないだろうな」

嘲笑《ちょうしょう》するように、桔梗は彼を見下ろした。

「同じようなことは——強引《ごういん》な突入《とつにゅう》による人質保護《ひとじちほご》の失敗は、何度もやらかしているのだからな」

「そ、そんな……！」

森栖は顔を上げる。

「人質保護の失敗など……わしは……」

「していないとは言わせんぞ。あの時、警視庁内《ちょうない》ではお前を警視にするという話が持ち上がっていて——お前はその昇進《しょうしん》を実現するため、手柄《てがら》を焦《あせ》ったんだ」

「……！」

目を見開く森栖警視。

今更《いまさら》思い出した様子《ようす》で、彼は口をぱくぱくと開け閉めする。

「——こういった経緯《けいい》で、刑事《けいじ》になり一年も経《た》たないうちに私は警視庁《ちょう》の実態《じったい》を知った。そして、決意をした——私が、修正しようと」

桔梗《ききょう》は視線を上げ、サエカの目を見た。

「私がその組織《そしき》の上に立ち、浄化《じょうか》していこうと」

ただ、と、彼女はもう一度視線を落とす。

「その道は、非常に困難だった。派閥《はばつ》争いと女性差別《さべつ》が、警視庁内《けいしちょうない》には蔓延《はびこ》っていたからな。世間《せけん》では女性解放《かいほう》が進んでいるというのに、この組織の中では、勝ち上がれるのは派閥争いで勝ち残った男だけ。それを経ないで上に行こうとすれば、特別な成果が必要となる。例えば――凶悪《きょうあく》な劇場《げきじょう》型犯罪《はんざい》を解決する、といったような成果がね。それを成し遂《と》げようと、私は寝《しん》食《しょく》を忘れて仕事に取り組んだよ。それでも、事件は都合《つごう》よく起きてくれない。そうしている間にも、森栖《もりす》の杜撰《ずさん》な捜査《そうさ》による被害《ひがい》は増えていく。そんなある日、私は――彼女に出会った」

――瞬間《しゅんかん》。

桔梗の背後から――小さな白い影が飛び出す。

それはしばし取調室《とりしらべしつ》内を羽ばたき、人々の頭上《ずじょう》を旋回《せんかい》してから――桔梗の肩にちょこんと飛び乗った。

――小鳥だ。

小さな白い文鳥《ぶんちょう》が、彼女の肩に乗っている。

「紹介《しょうかい》しよう――この子は、ブランさんだ」

桔梗は人差《ひとさ》し指《ゆび》で、文鳥の頭を撫《な》でる。

「この子が私に——力を与えてくれた」

桔梗のその言葉に——

「——やっぱりあなただったのね!」

——サヱカの背後からかすてらが飛び出た。

彼女はサヱカが差し出した人差し指にぶら下がると、

「そうじゃないかとは思っていたけど——まさか本当に、こんなことするなんて……」

まじまじと「ブラン」の姿《すがた》を見つめた。

「その声は——『瑠璃香《るりか》』ね」

——大人《おとな》の女性の声で、ブランは答える。

「『この時代』まで追いかけてくるとは思わなかったわ」

「ど、どういうことだ……」

完全に腰を抜かし、警視はその声を震わせる。

「全く以《も》って、訳《わけ》が分からんぞ……」

「ああ、そうだよね……じゃあそろそろ、明かそうかな」

森栖警視の方を向くと、かすてらは二、三度その羽を羽ばたかせた。

そして——

「私たちは——百年後の世界から来たんだ」

——女児《じょじ》がおとぎ話でもするような声で、そう言った。

「……百年後……だと？」

「そう。今よりずっと先の未来だよ。本当は私たちも人間なんだけど、時間移動《いどう》の都合《つごう》で今はこんな姿《すがた》をしてる。大変だったよ、思ったように動けないし、この時代にはネットもスマホもないから不便《ふべん》で……」

「ねっと……？　すまほ……？」

森栖《もりす》警視《けいし》は、聴《き》きなれない単語《たんご》にぽかんと口を開けた。

「……な、何を言っているのか分からんぞ……未来から来たって、どうしてそんなことを……」

「桔梗《ききょう》と同じ、正義《せいぎ》のためよ」

かすてらに続き、ブランが説明を始めた。

「私とかすてらは、そもそも未来では仲間同士《どうし》だったの。同じ組織《そしき》に属し、魔術《まじゅつ》を習得《しゅうとく》させた少女と連携《れんけい》し『反《はん》社会的分子《ぶんし》』を殲滅《せんめつ》していた。でも……どれだけ倒しても、反社会的分子はなくならない。そこで私は——過去の世界に戻り、少女に魔術を習得させ、自分たちの時代までに反社会分子の芽《め》を摘《つ》むことにしたの。そのためには、ちょうど百年前《まえ》のこの時代がおあつらえ向きだったのね。女性の解放が叫ばれ、実際少しずつ、女性の権利《けんり》が見直され始めた時代だったから。今《いま》以前の時期となると、少女には動いてもらいにくいのよ」

「つまり——この人たちは、歴史の改変《かいへん》を行おうとしているんだよ」

憤慨《ふんがい》した様子《ようす》で、かすてらは言葉を続ける。

「自分たちの時代でうまくいかないからと言って、過去の人たちにそれを擦《なす》り付けようとしている。そんなこと、許す訳《わけ》にはいかないから――私はこの人を追ってきたんだ」

「……ふむ、墜落乙女《ついらくおとめ》は、そのような形で魔術を習得したのだな」

話を聴《き》いていた桔梗が、納得《なっとく》した様子で頷《うなず》く。

「同じようにして、私もブランさんに力を授《さず》けられた。そして私は――事件を起こすことにした訳だ。センセーショナルな、劇場型犯罪《げきじょうはんざい》をな。被害《ひがい》を最小限《さいしょうげん》に抑えつつ、自らの警視庁《ちょう》での地位《ちい》を確立するために。確かに、死人《しにん》は出てしまうが森栖たちが君臨《くんりん》し続けるよりはよっぽどましだろう。私が浄化《じょうか》することで、そのような被害者《ひがいしゃ》はいなくなる。そして、ブランさんの意図《いと》の通り、私はこの力を使って悪人《あくにん》も駆逐《くちく》出来る」

桔梗は顔を上げ――サヱカを見た。

「――これで分かってくれただろう？　これは、正義のためなのだ。世界のためなんだ」

「……」

視線を落とし、物憂《ものう》げな表情で何かを考えるサヱカ。

彼女は深い溜息《ためいき》をつくと、

「ああ……ああ……」

短くうめき声を上げる。

そして彼女は──

「なんという……なんという浅はかな思考《しこう》でしょう……」

──その手で顔を覆《おお》い、嘆《なげ》くように首を振った。

「そんな選択をした上で自ら正義《せいぎ》と名乗る辺りにも、絶望感《かん》を覚えますわ」

「……どういうことだ」

「活《い》キ人形をけしかけ、人を殺しておいて正義とは、どれだけ面《つら》の皮《かわ》が厚いんですの？　あなたは既《すで》に悪です。わたくしと同じ悪人《あくにん》ですわ。少なくとも──実際に、命を奪《うば》われた人々から見れば。それも自覚《じかく》出来ないような人間がこの先《さき》人の上に立ったところで、出来ることはたかが知れています」

「正義のための殺人は──免罪《めんざい》される」

「……心底《しんそこ》絶望的ですこと」

桔梗《ききょう》が力込めた言葉を、サエカは溜息《ためいき》で受け流した。

「そう言った思想《しそう》を持つ人間は、結局異物《いぶつ》の排除《はいじょ》を止めることが出来ませんわ。まず、腐敗《ふはい》し続ける上司《じょうし》を殺し、次に悪事《あくじ》をなす者に手をかけ始める。その閾値《いきち》は上がり続け──最後に生き残ることが出来るのはあなただけですわ」

……と、サエカは何かに気付いたような顔になり、

「……ああ、違いましたわね。最初にあなたが手をかけるのは──わたくしでしょう？　これ

まで散々《さんざん》殺そうとしてきたわたくしが、ここでもあなたに反旗《はんき》を翻《ひるがえ》した。となれば――あなたが今から殺すのは、わたくしですわよね？」

「……そうなるかな」

残念そうに微笑《ほほえ》みながら――桔梗はゆっくりとサーベルを抜く。

我慢《がまん》し切れなかった様子《ようす》で――睡蓮《すいれん》が顔を押さえ、取調室《とりしらべしつ》を飛び出していった。

「もしかしたら、理解してもらえるのではないかと思ったんだがな……。少しずつ、仲良くなれそうな気もしていたから、残念だよ」

「あら、そうでしたの？」

――サエカの背後の魔法陣《まほうじん》が、徐々《じょじょ》に回転《かいてん》速度を上げていく。

「わたくしは最初からあなたのこと――いけすかないと、思っておりましたわ」

次の瞬間《しゅんかん》――警視庁《けいしちょう》庁舎《ちょうしゃ》の屋根が吹き飛ぶ。

取調室の壁も凄《すさ》まじい重力《じゅうりょく》で倒壊《とうかい》し――庁舎の一部は完全に崩《くず》れ去った。

「……ずいぶんと、無茶《むちゃ》をするな」

突如《とつじょ》広がった青空を見上げ、桔梗は呆《あき》れたように言った。

「幸い……君が来るのと同時に職員《しょくいん》は避難《ひなん》したようだな。一歩《いっぽ》間違えば、大量の被害者《ひがいしゃ》が出ていたぞ……」

「まあ、まさか座長様《ざちょうさま》にそんな忠告《ちゅうこく》をされるなんて……。前回は屋内での戦闘《せんとう》で、痛い目を見ましたからね」

サエカはその場に浮かび上がる。

「今回は是非《ぜひ》、全力《ぜんりょく》の出せる広さが欲しかったのですわ。この人たちを殺さなかった分、十分寛容《かんよう》でしょう？」

言って——サエカが視線をやると、残っていた警視《けいし》と警官隊《けいかんたい》はその場から慌《あわ》てて逃げ去った。

「……一人残《のこ》ってしまったが、どうする？」

桔梗《ききょう》が瓦礫《がれき》の隅《すみ》に残った男に——うなだれたまま動かない乱歩《らんぽ》に視線をやる。

彼は立ち上がる気力《きりょく》どころか、感情自体《じたい》が全て尽き果てた様子《ようす》で瓦礫の中に腰掛けていた。

「そうですわね……放っておきましょう」

サエカはあははと楽しげに笑った。

「この人のことですわ、必要があれば逃げるでしょうし、必要がなければここで死ぬだけです」

「手厳《てきび》しいな……。もう少し、仲がいいのかと思っていたが。しかし……それにしても——」

桔梗は目を眇《すが》める。

「——後ろから突然とは、卑怯《ひきょう》じゃないか」

——次の瞬間《しゅんかん》。

桔梗の背後に浮かんでいた瓦礫たちが——一斉《いっせい》に彼女に襲《おそ》い掛かり、戦いの火蓋《ひぶた》が切られる。

桔梗はそれをかわし、弾《はじ》き返しながらサヱカに肉薄《にくはく》するが――サヱカはそれを見越《みこ》していた。

後ろに飛びながらも体の近くに引力《いんりょく》の中心を発生させ――それを起点《きてん》として墜落《ついらく》の向きを大きく変える。

のちの宇宙《うちゅう》開発に於《お》いて「重力アシスト」と呼ばれる技術の応用《おうよう》だ。

音速に近い速さでサヱカは桔梗の背後に回り、

「――美女を足蹴《あしげ》にするのは、気が引けますわね」

自らの体に加重《かじゅう》、靴《くつ》の先で桔梗の背中に「墜落」した。

桔梗の体が瓦礫に突っ込む。爆音《ばくおん》と砂埃《すなぼこり》が上がる。

さらに、サヱカはそこに瓦礫を叩《たた》き込もうとするが――それより先に、桔梗は飛び出しサーベルを振りかぶった。

「同じことですわ！」

背後に飛ぶサヱカ。力では勝てないが、速度でなら決して負けることはない。

前回の戦いを経て桔梗の動きを把握《はあく》していたサヱカは、再度彼女の攻撃《こうげき》をかわし、反撃《はんげき》に出ようと日傘《ひがさ》を強く握る。

が――

「――⁉」

――振り下ろしたサーベルが、サヱカのドレスに届く。

すんでのところで身をひねり、それをかわしたが——スカートの先に刃《やいば》が届き、大きく裂《さ》け目が出来た。

「……速い！」

サヱカにとって、それは予想外《よそうがい》の動きだった。

力がある分、活《い》キ人形の体は重い。

それは桔梗《ききょう》のような高機能《こうきのう》でも同じらしく、サヱカの移動には付いてこられないはずだった。

しかし——

「もう、姿《すがた》を隠《かく》す必要がないからな」

——桔梗はそう言って、サヱカに向かってサーベルを構えなおす。

「ローブをまとったまま戦うのは、動きづらくてかなわんかったよ。おかげで、ようやく全力で戦うことが出来る。実に心地《ここち》いい」

「なるほど……」

これまでは、能力を抑えた上で戦っていた、ということなのだろう。

手加減《てかげん》をされていた、というのとほぼ同義《どうぎ》であるその事実に、サヱカはいら立ちを覚えた。

「ブランさんがくれた体は——本当に優れている。以前の自分と区別がつかない上、こんな風《ふう》に戦うことが出来るのだからな。出来れば君にも、お勧《すす》めしたいくらいだ」

「何をおっしゃいますやら」

桔梗の話を、サヱカは鼻で笑った。

「ご存じかしら？　殿方《とのがた》は、女性の柔《やわ》らかい肌《はだ》が好きなのですわよ？」

「それは確かに残念だ」

そう言って、桔梗も笑う。

「こんな体になってしまっては、もう嫁《よめ》にもらってくれる男もいないだろう――」

言って――激しく回転しながら、桔梗はサヱカにとび掛かる。

全魔力《まりょく》を動員《どういん》し、サヱカも応戦を始めた。

再び始まる、応酬《おうしゅう》。

その様《さま》は――赤と黒の嵐《あらし》が瓦礫《がれき》の上で吹き荒れているようにも見えた。

しかし――趨勢《すうせい》は明らかだ。

桔梗の圧倒的《あっとうてき》なまでの攻撃《こうげき》に、サヱカは確実に体力を削《けず》られ、押されていく。

そして――

「――っ！」

桔梗の放った回し蹴《げ》りが――見事にサヱカの脇腹《わきばら》に直撃《ちょくげき》した。

サヱカはそのまま吹き飛ばされ――崩《くず》れかけた壁にしたたか頭をぶつける。

すぐに彼女は立ち上がり、攻撃態勢《たいせい》を整えるが……その頭からは血が流れ、白い顔を赤く染め始めていた。

「——乱歩君《らんぽくん》！　ねえ乱歩君！」

聞き覚えのある甲高《かんだか》い声に——乱歩は呆《ほう》けていた意識《いしき》を、現実に戻す。

気付けば彼は——瓦礫《がれき》の山の中にいた。

割れた煉瓦《れんが》に、ガラスの破片《はへん》に、辺りに漂《ただよ》う砂埃《すなぼこり》。

目の前では小さな蝙蝠《こうもり》が——かすてらが、必死《ひっし》に乱歩の足に縋《すが》り付いている。

「乱歩君！　お願い！　助けてよ！」

「助ける……？　何を？」

「決まってるじゃない！」

叫ぶように言って、かすてらはその腕に力を込めた。

「サヱカだよ！　このままじゃあの子——殺される！」

言われて——乱歩は顔を上げる。

少し離れた場所で、サヱカと桔梗《ききょう》が戦っていた。

サーベル片手に、物理法則《ぶつりほうそく》を無視《むし》したかのような動きで攻撃《こうげき》する桔梗と、重力《じゅうりょく》を駆使《くし》し応戦するサヱカ。

そうか……二人が戦い始めたから、辺りはこんなにも、破壊《はかい》し尽くされているのか……。

はた目にははっきりと分かるほどに、サヱカは追い詰められていた。

彼女の攻撃《こうげき》は全く桔梗《ききょう》に届かず、空《くう》を切るばかり。

逆に、止《とど》めこそ刺《さ》せないものの桔梗の攻撃は着実《ちゃくじつ》にサヱカを傷つけ、そのドレスをずたずたに切り裂き始めている。

どこかでぶつけたのだろう。サヱカの頭からは血が滴《したた》り、白い顔に赤い筋《すじ》がつたっていた。

「ねえ！」

もう一度、足首《あしくび》を握られる感覚。

「お願いだよ……助けて！」

……この生き物が。

未来から来たという異形《いぎょう》の存在が切羽詰《せっぱつ》まった声を出すことに、乱歩《らんぽ》は不思議《ふしぎ》な気分になった。小さな爪《つめ》に込められた力は袴《はかま》を破らんばかりだ。事態《じたい》は急を要するのだろう。

しかし——彼はどちらにも味方《みかた》する気にはなれない。

「……同じじゃないか」

呟《つぶや》くように、乱歩は言う。

「サヱカ君も、桔梗さんも同じだ。自分の気持ちのために、他人を犠牲《ぎせい》にしている。なら僕は——」

もう一度、乱歩はがくりとうなだれた。

「——どちらの味方もしない」

今や彼は——心身《しんしん》ともに、完全に打ちのめされていた。

何をしようという気も起きない。

もう、何がどうなっても構わない。

全てが空虚《くうきょ》に感じられたし、実際、全てのことは空虚なのだろう。

「……二人とも同じってのは、その通りかもしれないよ」

かすてらは、絞《しぼ》り出すように言った。

「他人を犠牲にしながら、自分の考えを実現させようとしている。それは少なからず自分勝手《かって》だし、その上……どちらが正しいのかは本当に難しい。私だって、サヱカが絶対に正しいなんて言い切ることは出来ないよ……。でも——」

足をつかむ爪に、もう一度《いちど》力が込められる。

「——だからって、乱歩君は何もしないの？　考えることを放棄《ほうき》するの？」

考えることを放棄する——。

かすてらの言う通り——自分は判断《はんだん》することを、自分の頭で何かを選ぶことを放棄している。

そしてそれは、今《いま》現在取《と》りうる行動の中で、もっとも簡単で——もっとも無責任なものなのだろう。

それは乱歩も、よく分かっている。

それでも——

「そうだよ」

——乱歩《らんぽ》は光の消えた目のままで、そう言った。

「もう……それでいいんだ」

乱歩はぽつぽつと、話し始めた。

「森栖《もりす》のような男が、世の中に冤罪《えんざい》を作り出し続けている。そして警官《けいかん》も、黙《だま》ってそれに従うばかりだ。事件現場《じけんげんば》では死ななくてよかった人が死に、森栖は評価《ひょうか》され続けてる。そんなのおかしいじゃないか……。だからこそ、僕は期待したんだ。桔梗《ききょう》さんに。彼女なら、その狂った仕組みを変えてくれるんじゃないかって……。それでも彼女は……森栖以上《いじょう》に、訳《わけ》の分からない方法で世の中を変えようとしていた。あんなに犠牲者を出すなんて……そんなこと、絶対に間違っている。そして、そんな桔梗さんを止めようとしているサヱカ君は、根っからの悪《あく》人《にん》だ。人を殺しても、何とも思わない風《ふう》に笑っている……」

乱歩は——ぼんやりと、かすてらを見た。

「誰《だれ》にも——共感《きょうかん》出来ない。誰にも、協力《きょうりょく》出来ない。だから、もうどうでもいいんだ……。何をしようとも思えない」

——遠くでサヱカが、桔梗の一閃《いっせん》に吹き飛ばされる。

その身は軽々と宙《ちゅう》を舞い、瓦礫《がれき》の山に叩《たた》きつけられた。

短い沈黙《ちんもく》の後、

「……ねえ」

かすてらは、ゆっくりと乱歩の顔を覗《のぞ》き込んだ。

「乱歩君は今も本当に——サヱカがただの悪人だって、思ってる……?」

問いの意味が分からない。

乱歩は答えない。

「あの子が本当に、自分でそうだと言い張っているように……純粋《じゅんすい》な悪意《あくい》でだけ、動いているると思う……?」

「……知らない」

「あのね」

乱歩の返事を無視《むし》してかすてらは続ける。

「私も最初は、すごく驚いたよ。あんな風に戦う子、私たちの時代にはいなかったし……どうしてそんな風になっちゃうのか分からなくて。今でも、全部《ぜんぶ》分かってるとは到底《とうてい》思えない。でもね、私、これだけは分かる。あの子は、きっと——自分を許せないいんだ。活《い》キ人形を殺すことにした自分を、許せないでいるんだ」

「許せない……?」

かすれた声で、乱歩はその言葉を繰り返した。

「何を根拠《こんきょ》に……そんなことを言うんだ……」

あの日のサヱカは——蓋《けだ》シ野《の》家《け》で決別《けつべつ》した夜のサヱカは、自らが人を殺すことを、何とも思っていないようにしか見えなかった。

それがなぜ……許せないだなんて思えるのだろう。

「例えば……」

かすてらが膝《ひざ》によじ登る。

乱歩《らんぽ》と目線《めせん》を合わせると、彼女は話し始めた。

「私があの子に協力を持ち掛けた時。活《い》キ人形のことや、魔術《まじゅつ》のことを説明して、手伝ってほしいってお願いした時。あの子は返事するまでに一週間もかかったんだ。大切なことだから、きちんと考えたいって」

……一週間。

確かにそれは、意外《いがい》ではあった。悪人《あくにん》であれば、即答《そくとう》で了承《りょうしょう》しそうなものなのに。

そして、かすてらの要請《ようせい》を「大切なこと」と表現したことも、乱歩の心をざわつかせる。

「だから……あの子が戦う動機《どうき》は、きっとそんなに単純《たんじゅん》じゃないんだと思う。本人《ほんにん》がそう言っていた訳《わけ》ではないし、目障《めざわ》りだ、というのも、理由の一部としてはあるのかもしれないけど……それだけだとは、どうしても思えない」

……その通りなのかもしれない。

サヱカはサヱカなりに、心の中に複雑な感情を潜《ひそ》めているのかも知れない。

それでもまだ……乱歩はかすてらの言うことを信じたいと思えない。

「それから、思い出してみてよ。あの子がどうやって、活キ人形を殺していたか。高いところから落とす、首を刎《は》ねる、重力《じゅうりょく》で押しつぶす……。なんでそんなことをするんだろうって不思《ふし》議《ぎ》だったんだけど、あれは全部——全部即死《そくし》出来る殺し方なんだ。相手が痛みを覚えない殺し方なんだ。そりゃあ、反撃《はんげき》された時は腕や足を飛ばすこともあったけど……あの子が無駄《むだ》に活キ人形を痛めつけたことは、一度だってないはずだよ」

……これまでの戦いを思い出してみる。

確かに、殺す時に過剰《かじょう》に痛みを与えるようなことはなかったように思う。

「……でも、偶然《ぐうぜん》かもしれないだろう？」

かすれた声で、乱歩は尋《たず》ねた。

「彼女の取れる攻撃《こうげき》方法が、どうしても即死をさせてしまうほどのものだっただけかもしれない……」

「それはそうだね。でもね、時々あの子、倒す間際《まぎわ》に活キ人形に『あること』耳打ちするんだ。乱歩君も、見たことあるよね？　あの子が活キ人形に、小さな声で何か言っているところを」

「……そうだな」

乱歩は思い出す。

初めて取材《しゅざい》した日——御《お》茶《ちゃ》ノ水《みず》での戦いで、サヱカ君は何か活キ人形に耳打ちしていた。

「あれね、私は魔術的《まじゅってき》にサエカとつながっているから、なんて言っているのか分かるんだ」

「……なんて言っているんだ？」

「──『大丈夫《だいじょうぶ》よ』って」

かすてらは、乱歩《らんぽ》を見上げた。

「あの子は、活《い》キ人形を殺すたびに『痛くしないから、大丈夫よ』って口にしているんだ」

──心臓《しんぞう》が一拍弾《いっぱくはじ》けそうなほど強く鼓動《こどう》する。

「そもそも……乱歩君の取材《しゅざい》を受けたのだって、きっと、知りたかったからだと思うんだ。自分のしていることを、全て理解した人間が──それでも自分のことを、悪人《あくにん》だと思うのかって」

その言葉に……乱歩は思い出す。

冤罪《えんざい》を晴らそうと話した時の、サエカの表情を。

悪人だとは思えないという乱歩の言葉に──彼女はこれまで見せたことのない顔を見せた。

あれは乱歩の言葉が彼女にとって必要な──ずっと求めていたものだったからではないのか。

灰色《はいいろ》になっていた乱歩の心が、少しずつ色を取り戻していく。

凍っていたそれが、徐々《じょじょ》に駆動《くどう》し始める。

しかしそれでも──乱歩は踏み出せない。

ほとんど事実を受け入れてしまっている自分と、それに対する拒否感《きょひかん》が、胸の中で強く背反《はいはん》している。

「信じ切れないよ……」

自嘲気味《じちょうぎみ》に笑って、乱歩は言った。

「本当に……散々《さんざん》な目に遭《あ》ったんだ。そんな風《ふう》に、話を聴《き》かされたところで、信じられない」

「……証拠《しょうこ》があるんだ」

「……証拠？」

「そう……サエカがただの悪人じゃないっていう、決定的な証拠だよ。そしてそれを——乱歩君は、何度も目にしている」

「……なんのことだ？」

「そもそも——私が少女に習得《しゅうとく》させられる魔術の種類はね、相手がその時抱《かか》えている『意志《いし》』や『感情』に大きく左右されるんだ。使用者の精神《せいしん》状況に応じて、使える魔術は変化する。例えば——何もかもを燃やし尽くすような熱い気持ちを持っていれば、火を自在《じざい》に操《あやつ》れるようになる、と言った具合にね」

「じゃあ……」

乱歩はかすてらに尋《たず》ねた。

「サエカ君は……どんな『意志《いし》』や『感情』を元に——『重力《じゅうりょく》』を操れるようになったんだ？　どんな気持ちを抱いていれば……そんな魔術が身につく？」

「——『罪悪感《ざいあくかん》』だよ」

かすてらは、短くそう言った。

「活《い》キ人形を――かつて人間だったものを『殺す』ことを決めた彼女の胸は――私も驚くくらいの、強烈《きょうれつ》な罪悪感《ざいあくかん》で満たされていたんだ」

そしてきっと、と、かすてらは言葉を続けた。

「今も彼女は――その罪悪感で縛《しば》られたままなんだと思う」

――同じじゃないか。

乱歩《らんぽ》はそう、思った。

人を殺す。

そのことに、身も心も沈み込んでしまうほどの罪悪感を覚える。

それはきっと――活キ人形に、人の命が宿っていると知った、あの日の乱歩と同じだ。

サエカもあの気持ちを抱えたまま……いや。

自分よりも何十倍も、何百倍もの重みを抱えたまま、墜落《ついらく》し続けているのか。

なら――。

だとしたら、自分は――。

自分がやるべきことは――。

……その時、乱歩ははっきりと、自分の胸に「ある意志《いし》」が宿ったのを感じ取った。

立ち上がり、袴《はかま》についた埃《ほこり》を手早く払う。

「……乱歩君」

……乱歩の膝《ひざ》から飛び上がり。かすてらは声を震わせる。

「……自分に、何か出来るとは思えないよ」

乱歩は素直に、心境《しんきょう》を吐露《とろ》した。

「あんな規格外《きかくがい》の存在同士が戦っているんだ、生身《なまみ》の人間が行ったところで、何が出来るかは分からない。それでも——やれるだけのことは、やってくるさ」

「……ありがとう」

そういうかすてらに一度頷《うなず》いて見せると——乱歩は振り返り、戦場《せんじょう》へと走って行った。

＊

戦いの結末は——既《すで》に見えたも同然だった。

頭の傷から血が流れ続ける。

意識《いしき》が次第に遠くなり、攻撃《こうげき》の精度もひたすら下がっていく。

それなのに——桔梗《ききょう》の攻撃はやむ気配《けはい》がない。

雑に打ち込んだ瓦礫《がれき》を全てかわされ、鋭い手刀《しゅとう》が叩《たた》き込まれた。サヱカの体は紙のように吹き飛ばされ——転がったまま動けなくなる。

「——そろそろ終わりか」

そちらにゆっくり歩み寄りながら、桔梗《ききょう》は残念そうにそう言った。

「意見は割れてしまったが——やはり私は、なぜか君のことが嫌《きら》いになれなかったよ。天敵《てんてき》であるはずの、悪人《あくにん》であるというのにね。やはり、森栖警視《もりすけいし》程度の下衆《げす》な悪人ではなく、君のように気高《けだか》い悪人であれば、好敵手《こうてきしゅ》たりうるのかもしれない」

だから、と。桔梗はその手にサーベルを握りなおす。

「その好敵手には、出来る限りの敬意《けいい》を払いたい。せめて苦しむことのないよう、葬《ほうむ》ってやる」

それを聴《き》きながら——サエカはついに、自分の番が回ってきたことを実感していた。

これまで、たくさんの活《い》キ人形を殺してきた。

戦闘《せんとう》の過程で、間接的に人の命を奪《うば》ったことも少なからずあるだろう。

そしてとうとう——自分が命を失う順番が、回ってきたのだ。

——覚悟《かくご》はしていた。

——当然の報《むく》いだと思う。

むしろ、ここまで生きてこられたのは。すこしばかり不平等なほどの幸福だったのだろう。

ただ——残念だった。

こんな歪《ゆが》んだ「正義《せいぎ》」に命を奪われるのが、ひたすら残念だった。

そしてふと……サエカは気が付く。

混濁《こんだく》する意識《いしき》の中で、「彼」の存在が、頭を離れてくれないことに。
——あの日、自分を訪ねてきた、全てを知りたいのだと言った「記者」のことが。
彼がどこまで自分のことや、事件のことを理解したのかは分からない。
それでも最後に——彼が自分のことをどう思うかを、聴いておきたかったと思う。
彼と落ち着いて、話がしたかったと思う。
ただ——その願いももう叶《かな》わない。
「それでは——然様《さよう》なら」
桔梗がサーベルを振りかぶる。
自分には——それを避けるだけの体力も残されていない。
なら——潔《いさぎよ》く終わりを受け入れよう。
せめて最後は——気高《けだか》く迎えよう。
これが、自分に課せられた、報《むく》いなのだ。
サヱカはそっと、その目をつぶった。
そして、桔梗のサーベルが風を切る音が聞こえた——その瞬間《しゅんかん》。
「——サヱカ君！」
——聴き慣れた声とともに、体がふわりと浮き上がる。
サーベルが地面に刺さる音が聞こえ——抱きかかえられ、そのまま転がるような感覚。

閉じていた瞼《まぶた》を開けると――

「――大丈夫《だいじょうぶ》か？」

――そこには、最後に話したいと願った彼の、賜《たま》ヒ野《の》乱歩《らんぽ》の顔があった。

「あら……」

なんとか回り始めた頭で、サエカは状況を判断《はんだん》する。

桔梗《ききょう》との距離は先ほどよりも開いている。

そして、埃《ほこり》まみれになった乱歩の着物《きもの》……。

どうやら――自分は助けられたらしい。

ギリギリのところで飛び込んできた、彼によって。

「乱歩さん……」

礼《れい》を言いかけて――止《や》めておく。

自分に、そんな言葉は似合《にあ》わないだろう。

だから、

「もう、いじけるのは止めにしましたの……？」

そんな風《ふう》に、いつもの憎《にく》まれ口をたたいておいた。

「ああ、おかげさまで目が覚めたよ」

言って、乱歩は顔を上げると――キッと桔梗の方をにらみつけた。

「賜ヒ野……何をしている？」

桔梗は愕然《がくぜん》と尋《たず》ねる。

「なぜそいつを……助けるんだ……」

「見れば分かるでしょう？」

乱歩は毅然《きぜん》と言い張った。

「加勢《かせい》することにしたんですよ——墜落乙女《ついらくおとめ》にね」

「なぜだ……もしかして、その女に脅《おど》されているのか」

「まさか」

あははと笑い、乱歩は自らの隣《となり》にサヱカを降ろした。

「全てが自分の意志《いし》ですよ。自分で選んだ行動です」

「……わたくしにとっても意外《いがい》ですわ」

サヱカは眉《まゆ》を顰《ひそ》めている。

「よもや、こちらにつくとは……。もしかして、わたくしがしていることが、正しいとでも思われました？」

「そんなはずがないだろう」

乱歩は首を振った。

「正しいはずがない。やっぱり君は、極悪人《ごくあくにん》だよ。そして——僕もそれに手を貸して、極悪人に仲間入りしようと思ってね」

「……なるほど」

微笑《ほほえ》みながら、サヱカは再び日傘《ひがさ》を手にする。

「すこしは分かり始めたようですわね……」

その表情は、これまでの皮肉《ひにく》なものでなく、本心から乱歩《らんぽ》を評価《ひょうか》しているような笑《え》みだった。

しかし、それとは対照的《たいしょうてき》に、

「……錯乱《さくらん》したか……」

残念そうに、桔梗《ききょう》は表情を歪《ゆが》める。

「悲しくはあるが――そうなっては、私は君も殺さなければいけない」

「……まあ、こうなりますわよね」

サヱカは乱歩の顔を見上げた。

「この戦いに打開策《だかいさく》が見当たらない状況なのは変わりませんわ。乱歩さん、このままここに参加するのであれば――間違いなく、わたくしと一緒《いっしょ》に殺されるだけですわよ？」

……確かに、その通りだろう。

乱歩は桔梗をにらんだまま、状況を整理する。

サヱカを危機《きき》から救い出すことは出来た。自分が加勢《かせい》する直前《ちょくぜん》に比べれば、気持ちの余裕《よゆう》が出来たようにも見える。

しかし——桔梗とサヱカの力量差《りきりようさ》は歴然《れきぜん》としている。

それは自分程度が参加したところでひっくり返すことが出来るものでもないし——サヱカが消耗《しようもう》していることに変わりはない。

このまま戦えば——大した反撃《はんげき》も出来ないまま、桔梗に殺されることは間違いないだろう。

「別に、逃げても構いませんわよ？　わたくし、死ぬのは覚悟《かくご》の上ですわ」

ただ——乱歩はこの戦いに、違和感《いわかん》を覚え始めていた。

先ほどかすてらの話を聴《き》いてから、いわく言い難い違和感を。

そして、その違和感を元に彼は、ある仮説《かせつ》を思いついていた。

それがもし事実であれば——この戦いにも、勝機《しようき》がある。

「……サヱカ君」

乱歩はサヱカに尋《たず》ねる。

「もう少しだけ……桔梗さんと戦い続けることは出来るかい？」

「もちろんですわ」

あっさりと、彼女は言ってのけた。

「少しばかり休息《きゆうそく》出来ましたし、そもそもそうするつもりでしたもの。長くは持ちませんが、あと少しなら」

「そうか、助かるよ」

「何か策《さく》が？」

「確認《かくにん》したいことがある。だから――」

言って乱歩《らんぽ》は隣《となり》に立つサヱカの目を見た。

「――少しだけ、桔梗《ききょう》さんを足止めしておいてくれ」

「……そうですか」

サヱカは一歩前に出て、桔梗と向かい合った。

「出来るだけ、早くことを済ませてくださいな」

「分かった」

頷《うなず》くと――乱歩は駆《か》け出し、どこかへ走り去っていった。

「……そろそろ、再開《さいかい》していいかい？」

律儀《りちぎ》に話が終わるのを待っていた桔梗が、退屈《たいくつ》そうに尋ねる。

「最後くらい、存分に話をさせてやりたかったんだが……もう十分かい？」

「ええ、お気遣《きづか》い、感謝《かんしゃ》しますわ」

――サヱカは日傘《ひがさ》を構える。

「じゃあ――続きをいたしましょうか」

＊

乱歩は瓦礫《がれき》の中を走り回り――ある人物を探していた。

読みが正しければ、そう遠くに行っていないはずだ。

出来る限り早く、見つけ出さなければ――。


乱歩が抱いた違和感《いわかん》は、桔梗の能力に対するものだった。

かすてらの言《げん》によれば、彼らが与える魔術《まじゅつ》の種類は使用者の「精神《せいしん》」に左右される。

では、桔梗のどんな「気持ち」が、どんな「意志《いし》」が、彼女にどういった魔術として宿ったのだろう。

――悪を砕《くだ》くための戦闘力《せんとうりょく》強化魔術?

だとしたら活《い》キ人形などという形を使わず、素直に肉体《にくたい》強化の魔術であればいい。彼女以外も戦闘能力《のうりょく》が強化されたことも、説明がつかない。

――悪と戦うための手下《てした》づくりの魔術?

こちらは、自らまで活キ人形になった経緯《けいい》が分からない。手下を作るなら、むしろ自分は特別な存在であるべきだろう。

ほかにも、いくつか仮説《かせつ》は立ててみたが……どれもしっくりくるものではなかった。

しかし――今の乱歩《らんぽ》の読み通りであれば、全てはごく単純に理解が出来る。

違和感《いわかん》にも説明がつく。

それが事実であることを一刻《いっこく》も早く確認《かくにん》するため――乱歩は瓦礫《がれき》の中を駆《か》けずり回った。

探していた相手は――火《ひ》ノ星睡蓮《ほしすいれん》は、崩《くず》れかけた警視庁庁舎《けいしちょうちょうしゃ》の一室にいた。
地面に跪《ひざまず》き、顔を両手で覆《おお》って泣いている彼女。

「……睡蓮さん」

乱歩は、その名を呼ぶ。

彼女に近づきながら、彼は自分の読みが正しかったことを知った。

睡蓮は――真《ま》っ白《しろ》なドレスをその身にまとっていた。

そして――その頭の後ろで回転する、金色《きんいろ》の魔法陣《まほうじん》。

――魔装《まそう》だ。

「睡蓮さん……」

もう一度、乱歩は彼女の名前を読んだ。

「ブランに力を与えられたのは――桔梗さんではなく、あなただったのですね」

睡蓮は顔を上げない。

「人の命を救いたい。その気持ちが、生命を体から抜き出し、他の器《うつわ》へ移す能力となった。あなたは、いわば『転生乙女《てんせいおとめ》』だ」

声を殺し、睡蓮《すいれん》は泣き続けている。

「あなたは桔梗《ききょう》さんの指示《しじ》で、ブランが用意した活《い》キ人形の素体《そたい》に、さらってきた人々の命を移し替えた。そして、桔梗さんは彼らに帝都民《ていとみん》を襲《おそ》うように指示。おそらく、殺した人数によっては元の体に戻す、などと脅《おど》していたのでしょう」

「……その通りです」

震える声で告白《こくはく》すると——彼女は涙でボロボロの顔を、乱歩《らんぽ》に向けた。

「私が……姉《ねえ》さんに言われて……あんなことを……」

乱歩は睡蓮の前でしゃがみ込む。

「睡蓮さんは……それに反対だったのですね？」

弱々しく、睡蓮は頷《うなず》いた。

——やはりそうだ。

睡蓮は——この戦いを望んでいない。

乱歩の昇進祝《しょうしんいわ》いがあったあの日、睡蓮は「桔梗と喧嘩《けんか》しても勝てない」と言っていた。それは恐らく……この事件に関し、姉妹で言い争うことがあった、ということなのだろう。

しかし、睡蓮はそれに勝つことが出来ず、渋々《しぶしぶ》桔梗に従うこととなった。

「もう一つ、気付いたことがあるのですが」

乱歩は続ける。

「桔梗さんが戦うには、睡蓮さんによる何らかの援助《えんじょ》が——例えば、魔力《まりょく》の供給《きょうきゅう》などが必要なのではないですか？　例えば、最初にサヱカ君と桔梗さんが戦った御茶ノ水《おちゃのみず》で、桔梗さんはサヱカ君を倒すことなく撤退《てったい》した。あれは——戦いを望まなかった睡蓮さんが、魔力の供給を打ち切ったからではないのですか？」

……睡蓮は、こくりと頷いた。

やはりそうなのか。

だとしたら——今《いま》睡蓮は、全《ぜん》魔力をもって桔梗の援護《えんご》にあたっているのだろう。

角筈《つのはず》ビルヂングでは、桔梗が戦っているにも関わらず睡蓮は魔装《まそう》になっていなかった。

サヱカのように、魔装になることで全《ぜん》魔力を使用することが出来るようになるのであれば——桔梗は今、これまでになく魔力の満ちた状態で、サヱカと戦っている。

「……睡蓮さん」

乱歩は、睡蓮の背中に手を置いた。

「この戦いを……終わらせましょう」

「……どうやって？」

睡蓮の声は、今にも崩《くず》れ落ちそうなほどに弱々しかった。

その表情に胸の痛みを覚えながらも、乱歩《らんぽ》は声に力を込め——

「——桔梗《ききょう》さんへの、魔力供給《まりょくきょうきゅう》を止めてください」

——躊躇《ためら》うことなく、そう告げた。

「このままではサヱカ君は殺されます。だから……桔梗さんへの、魔力供給を止めてください」

「……姉《あね》を、姉を殺すのですか？」

「……その通りです」

言いながら、乱歩は改めて実感《じっかん》する。誰《だれ》かを「殺す」という選択の苦しさを。

きっとサヱカはこの苦しさを——倒してきた活《い》キ人形の数だけ味わってきたのだ。

だから、乱歩はそれを噛《か》みしめながら、胸の痛みを探るようにして味わいながら、言葉を続ける。

「僕は——桔梗さんの目指《めざ》す未来に共感《きょうかん》出来ない。そんな世界で生きていたくない。しかし、桔梗さんは僕のような異物《いぶつ》を排除《はいじょ》するでしょう。ならば——彼女を倒さなくてはならない」

この選択すらも——結局は、乱歩自身《じしん》の意思《いし》に過ぎない。

正義《せいぎ》でも何でもない、彼自身の望みに過ぎない。

それでも睡蓮《すいれん》なら——彼女なら同意《どうい》してくれると、乱歩は思っていた。

しかし、

「……出来ません」

首を振り、睡蓮はボロボロと涙をこぼす。

「姉を殺させることは……出来ません」

「……どうして」

「姉の体には……」

睡蓮は顔を上げ、乱歩の目を見た。

「あの活キ人形の身体《からだ》には……膨大《ぼうだい》な魔力が秘められています。倒せば行き場を失った魔力は暴発《ぼうはつ》し――おそらく、辺りは一面、焼け野原《のはら》になります……」

……一面、焼け野原。

乱歩は思わず、周囲を見渡す。

既《すで》に戦闘《せんとう》のせいで、警視庁《けいしちょう》庁舎《ちょうしゃ》は瓦礫《がれき》と化し、異変《いへん》に気付いた人々が避難《ひなん》を始めるのも遠くに見える。

それでも――大きな爆発《ばくはつ》などが起きれば、被害《ひがい》が発生する可能性がある。

「影響《えいきょう》のある範囲《はんい》は……どれくらいに？」

「半径《はんけい》数百メートルは、少なくとも瓦礫の山になるかと……」

数百メートル――間違いなく、多くの人々が犠牲《ぎせい》になる範囲だ。

「……分かりました」

乱歩は立ち上がる。

そして彼は――

「それでも――魔力《まりよく》の供給《きようきゆう》は止めてください」

――そう言って、睡蓮《すいれん》に背を向けた。

「どうされる、つもりなのですか……」

乱歩《らんぽ》はそれに答えず、サヱカたちの方に向かって走り出す。

その胸に――一つの覚悟《かくご》を抱えて。

＊

乱歩が再びサヱカたちの元へ戻った時――桔梗《ききよう》の様子《ようす》に、明らかに変化があった。

彼女は自らの体を確認《かくにん》するように触ると、

「――何をしている睡蓮！」

顔を上げ、空に向かって叫ぶように言った。

「早く魔力を供給しろ！　あと一息《ひといき》で終わるんだ！」

ふらふらと、その足取りが危うくなり始める。サーベルを握っていた手から力が抜けていく。

――睡蓮が、魔力の供給を止めてくれたらしい。

想像《そうぞう》以上に、その効果は覿面《てきめん》だ。

「何があったか知りませんが……うまくやってくれたみたいですわね」

頬《ほお》についた血をぬぐい、サヱカは言う。

「あそこまで弱体化《じゃくたいか》すれば、もはや乱歩さんでも倒すことが出来るでしょう」

「そうかもしれないな……」

言って、乱歩はサヱカに笑って見せた。確かに、今の桔梗に負けるということは、どう転んだってありそうにない。

しかし――彼はすぐにその表情を改めると、
サヱカにそう告げた。

「言っておかなければいけないことがある」

「……なんですの。こんな時に、そんな真剣な顔で……」

怪訝《けげん》そうに眉《まゆ》を寄せる彼女。

その表情に――乱歩は初めて、不安の色を見出《みいだ》した。

しかし、乱歩はその目を見つめたまま、

「彼女を倒せば――その身に込められた魔力が暴走《ぼうそう》する」

まずは端的《たんてき》にそう告げた。

「恐らく、爆発《ばくはつ》が起きて半径《はんけい》数百メートルが破壊《はかい》される。少なからず、犠牲《ぎせい》が出るだろう。その上で――僕たちはどうするか」

サエカは……即答《そくとう》しない。

悪人《あくにん》であれば、迷いもしなかっただろうその問いに、一瞬《いっしゅん》の戸惑《とまど》いを見せ、

「さて、どうしましょうね……。乱歩《らんぽ》さんは——どうしますの？」

首を傾《かし》げて、そう尋《たず》ねた。

「あなたは——どうするのがいいと思いますの？」

——どうするのがいいと思うか。

墜落乙女《ついらくおとめ》が——自分の考えを尋ねている。

傍若無人《ぼうじゃくぶじん》だった彼女が、悪辣《あくらつ》だった彼女が——他人の意見を欲している。

答えはもう……決まっていた。

迷うことも躊躇《ためら》うことなく、選ぶことが出来ていた。

なぜなら自分は——極悪人《ごくあくにん》だ。

「やろう」

——はっきりと、そう答えた。

「桔梗《ききょう》さんを……殺そう」

「……まあ、乱歩さんが、そんなことをおっしゃるなんて」

サエカは驚いた様子《ようす》で、じっと乱歩の目を見る。

「ご自分が何を言っているか、分かってらっしゃる？　無《む》関係の帝都《ていと》民《みん》を殺すことになります

わ。あなたも殺人に加担《かたん》したことになり、罪《つみ》と重みを背負うことになります」

「分かっているさ」

乱歩は視線を前に向け、もはや立ち上がることも出来なくなっている桔梗を見た。

「このまま彼女を野放しにすれば、今後どれだけの被害《ひがい》が出るか分からない。それに僕だって、彼女の目指《めざ》す世界は受け入れられない。だから僕は——ここで人を殺す覚悟《かくご》をする。君と一緒《いっしょ》に『地獄《じごく》』に落ちてやる。これで『極悪人』は、君と僕の二人だ」

「……そうですか」

頷《うなず》くと、サヱカは日傘《ひがさ》の先を、桔梗に向けた。

「ならば、わたくしも——ご一緒するのに、やぶさかではありませんわ」

彼女の後ろの魔法陣《まほうじん》が、高速で回転を始める。

その体を中心として、周囲に風が渦巻《うずま》き始める。

「——桔梗さん」

まっすぐに相手を見据《みす》え、サヱカはその名を呼んだ。

「これでしばらくはお別れですわね。でもきっと——わたくしたちが行きつく先は同じ、『地獄』ですわ。天国行《てんごくい》きなんて、到底《とうてい》望めませんもの。だから、もう一度お会いした時には——」

サヱカは残された全ての魔力《まりょく》を込め——それを桔梗に放った。

「——また、お茶《ちゃ》でもご一緒しましょうね」

次の瞬間《しゅんかん》、眩《まばゆ》い閃光《せんこう》が桔梗《ききょう》の体からほとばしり――凄《すさ》まじい爆発《ばくはつ》が起こった。
乱歩《らんぽ》とサヱカの身体《からだ》は――その爆風《ばくふう》に、上空に吹き飛ばされた。

＊

――爆発《ばくはつ》から、どれくらい経《た》ったのだろう？

数秒？

数分？

分からない。

激しい耳鳴りと閃光に目をつぶった乱歩は――ふと自分の体が、ふわふわとした感覚に包まれていることに気が付く。

「――乱歩さん。乱歩さん」

聞こえるのは……サヱカが自分を呼ぶ声だ。

少しずつ感覚を取り戻し始め、乱歩は自らの右手が、温《あたた》かく柔《やわ》らかい何かに包まれていることに気が付く。

「もう、目を開けてくださいな……いつまでそう、身を固くしてらっしゃるやら。臆病《おくびょう》にもほどがありますわ」

言われて……乱歩は恐《おそ》る恐る目を開ける。

そして、

「……これは……」

広がっている光景《こうけい》に、彼は息をのんだ。

——はるか眼下《がんか》に、帝都《ていと》の街並《まちな》みが広がっている。

自分とサヱカがいるのは——その上空。

春の青空に、サヱカと乱歩は手をつなぎ、浮かんでいた。

「どうやら、爆発は上空方向のみに起こったようですわ」

サヱカはそう言って、自分たちの真下《ました》を指さす。

その先には——遠くうっすらではあるものの、警視庁庁舎《けいしちょうちょうしゃ》の残骸《ざんがい》が確認《かくにん》出来た。

庁舎は完全に倒壊《とうかい》し、その影も見えなくなっているが——周囲に被害《ひがい》が及んでいるようには見えない。

「睡蓮《すいれん》さんだ……」

呟《つぶや》くように、乱歩は言った。

「睡蓮さんが……うまく爆発をそらしてくれたんだ」

「……ふむ」

事情が分からない様子《ようす》で、サヱカは乱歩《らんぽ》を見ている。

彼女は魔術《まじゅつ》を使えるのが睡蓮《すいれん》だったことを知らないのだ。それも当然だろう。

「地上に戻ったら、色々と教えていただきますわ」

サヱカがそう言ったところで、乱歩は自分たちが少しずつ、地面へ向かって「落下《らっか》」していることに気が付いた。

しばらくすれば、元いた場所に戻ることが出来るだろう。

――周囲を見渡す。

暖かい風が吹く空から見る、東京《とうきょう》の街。

ところどころ桃色《ももいろ》に煙《けむ》っているのは、桜《さくら》の花だろう。

遠くには、雲の上から頭を出す富士山山頂《ふじさんさんちょう》が見えた。

「……きれいだな」

そんな言葉が、口をついて出た。

「色々なことがあったけれど、この世を恨《うら》んだりもしたけれど、それでもこの星は――東京は、とてもきれいだ」

「……感傷的《かんしょうてき》ですのね」

そう言って、サヱカは忌々《いまいま》しげに眉間《みけん》にしわを寄せる。

「むしろわたくしとしては、非常に不本意《ふほんい》ですわ。われわれのような極悪人《ごくあくにん》には、このような

天上《てんじょう》は似合《にあ》いません」

「そうだな」

ははは、と、乱歩《らんぽ》は笑う。

実はこの娘《むすめ》は、自分なんかに比べてよっぽど真面目《まじめ》なのかもしれない。

誇り高く、真摯《しんし》で、真面目で、だからこそ、悪人になることを選ばざるを得なかったサヱカ。

「それでも——」

乱歩はサヱカの手を強く握った。

「——こうやって二人で『墜《お》ちて』いくのも、悪くないじゃないか」

「……」

乱歩のその言葉に——サヱカは無言《むごん》で顔をそむけた。

「……サヱカ君？」

そう言って、乱歩が覗《のぞ》き込んだその顔は。

普段は悪辣《あくらつ》にゆがんでいたその顔は。

頬《ほお》を染《そ》め——心なしか微笑《ほほえ》んでいるように見えた。

終幕

267

FALLEN MAIDEN
GENOCIDE

presented by
MISAKI SAGINOMIYA
illustration
NOCO

「政府から、組織《そしき》の是正勧告《ぜせいかんこく》と、長官《ちょうかん》の免職《めんしょく》命令が警視庁《けいしちょう》に行ったそうだ」

昼過ぎの定食屋《ていしょくや》。

乱歩《らんぽ》の向かいの席で、臼杵《うすき》は新聞を読みながら言う。

「こうなれば、もう警視庁は徹底的《てっていてき》に浄化《じょうか》されるしかないな。そもそも、これまで取り調べでの拷問《ごうもん》も、一部役職者《やくしょくしゃ》の汚職《おしょく》も見て見ぬふりされていた訳《わけ》で……ようやく警察組織《けいさつそしき》も『モダン』になる訳だ。ほら、あの警視《けいし》も降格《こうかく》だとよ」

「どれどれ」

臼杵から新聞を受け取り、紙面に目を通す。

伸ばした腕にはまだ鈍い痛みが走るが、全身の怪我《けが》はほぼ完治《かんち》しつつあった。

──あの戦闘《せんとう》の日以降《いこう》、新聞やラジオ各社は競《きそ》って乱歩が明かした「真相《しんそう》」を報道《ほうどう》した。

活《い》キ人形事件《じけん》が警視庁の敏腕刑事《びんわんけいじ》によって仕組まれていたこと。

そしてそれは、署内《しょない》の腐敗《ふはい》が大本《おおもと》の原因であること。

墜落乙女《ついらくおとめ》は、結果として刑事の暴走《ぼうそう》を止める活躍《かつやく》をしていたこと。

……もちろんその正体《しょうたい》や、かすてらのことは伏せたままにしておいた。

結果──警視庁の腐敗は社会的な問題となり、ついには国家主導《こっかしゅどう》で是正がなされるに至ったのだった。

……図らずも、桔梗《ききょう》の遺志《いし》は果たされた、と言ってもいいのかもしれない。

「……それにしても」

湯呑《ゆのみ》の茶《ちゃ》を飲みほし、臼杵は目を眇《すが》める。

「まさか本当にお前が、墜落乙女に取材《しゅざい》を許されてるとは思わなかったよ」

「……そうだったのか？」

「半《なか》ば当てずっぽうだったからな。何かあるとは思っていたが、本当に当たっているとは思わなかった」

「そうなのか……」

「とは言え、無事《ぶじ》に帰ってきてくれてよかったさ。出来る同期《どうき》が減るのは、張り合いがないからな」

そう言って笑う臼杵に、乱歩は「実はな」と切り出した。

「戦いはまだ、続くかもしれないんだ」

「……なんだと!?」

「詳しくは言えないんだが、本当の主犯《しゅはん》は逃がしてしまってね……。もしかしたら、再び墜落乙女に攻撃《こうげき》が加えられるかもしれない」

——乱歩とサヱカが地上に戻った時、既《すで》にそこにブランの姿《すがた》はなかった。

彼女がほかの誰《だれ》かに魔術《まじゅつ》を与える可能性《せい》はあるだろうし、であればもう一度戦闘が始まる可能性もあるだろう。

乱歩《らんぽ》の実感としては、事件が終わった、という風《ふう》には到底《とうてい》思えなかった。

「……そうなのか」

唸《うな》るように言い、臼杵《うすき》は顎《あご》を撫《な》でる。

「……まあ、しかし、このところ賜《たま》ヒ野《の》は妙《みょう》に逞《たくま》しいからな。みすみす命を落とす、ということもあるまい」

「そうだな。僕も決して、軽々しく殺されるつもりはないよ」

「だろう。だからもう、お前の心配をすることはよそう。その代わり――」

言って、臼杵はテーブル越しにこちらに身を乗り出した。

「――墜落乙女《ついらくおとめ》は、美《び》少女なのだろう？　紹介《しょうかい》してくれないか？」

＊

「乱歩さん、いらっしゃい」

蓋シ野家《けだのけ》客間《きゃくま》でサヱカを待っていると――部屋の入り口から、そんな声が聞こえた。

振り返ると、

「サヱカさん。もう少しかかるそうなので、今しばらくお待ちくださいね……」

そこには睡蓮《すいれん》と――二体《たい》の小型《こがた》活キ人形がいた。

睡蓮の手には、なにやら小さな花束《はなたば》が握られている。

――戦闘《せんとう》を終え、それでもそこに残り続けていた睡蓮を、サヱカは蓋シ野家で引き取ることにした。いわば彼女は活キ人形事件《じけん》の主犯格《しゆはんかく》の一人なのだ。その上ブランから与えられた魔力《まりよく》を保持《ほじ》している訳《わけ》で……安易《あんい》に警視庁《けいしちよう》に引き渡す訳にはいかない。

そう言った事情で、生き残りの活キ人形たちと共に、彼女はこの屋敷《やしき》で雑用《ざつよう》をしながら暮らしている。

「ありがとうございます。どうですか？　ここの暮らしは。サヱカ君にいびられていませんか？」

「あはは、いびられてなんていませんよ」

睡蓮は笑顔で首を振る。

「不愛想《ぶあいそ》な方ですし、時々意地悪《いじわる》ですけれど……私たちのことも『この屋敷に幽閉《ゆうへい》する』なんて言ってますけれど……本当はそうでないこと、分かっています」

「そうですか」

ほっとして、乱歩は睡蓮に微笑《ほほえ》み返した。

実はサヱカと睡蓮の性格の違いが、気に掛かっていたのだ。

うまくやれているのなら、問題はない。

「……あら、わたくしのいないところで密談《みつだん》ですの？」

睡蓮《すいれん》の背後から、サヱカが顔を出す。

「全く、油断《ゆだん》も隙《すき》もありませんわ」

「密談《みつだん》なんかじゃないですよ」

睡蓮は笑い、ふと思い出したように手に盛った花をサヱカに差し出した。

「そうそう、もうサヱカさん、出かけますよね？　一緒《いっしょ》にこれを、持っていっていただけませんか？　あの人が……姉《あね》が好きだった花です」

「……分かりましたわ」

サヱカはそれを受け取り、抱えるようにしてその手に持った。

「それでは睡蓮さん。行ってきますわね。申《もう》し訳《わけ》ないのですけれど、お留守番《るすばん》をお願いしますわ」

「はい。行ってらっしゃい」

＊

雑司《ぞうし》ヶ谷《や》旭出《あさひで》町墓地《ぼち》。

菱川家《ひしかわけ》の墓石《はかいし》の前に花を手向《たむ》け、サヱカと乱歩《らんぽ》は手を合わせた。

――初盆《はつぼん》に合わせて桔梗《ききょう》の墓参《はかまい》りをしよう、というのは乱歩の提案《ていあん》だった。

てっきり断られるものかと思ったが、サヱカは同行を承諾《しょうだく》。こうしてこの場所を訪れることとなった。

ちらりとサヱカの横顔を盗《ぬす》み見る。

神妙《しんみょう》な表情で、墓石を見つめている彼女。

何を考えているのかは分からないのだけど、それは少なくとも、敵の墓を眺《なが》めている視線であるようには思えなかった。

「……ところで乱歩さん」

墓石を後にし、墓地内を歩きながらサヱカは言う。

「もう少し頻繁《ひんぱん》に、うちにいらしてくださいな」

「……どうしてだい？」

彼女がそんなことを言い出すのは初めてだった。

訝《いぶか》る乱歩に、サヱカは言葉に詰まってから。

「……戦いはまだ終わっていませんわ。いつ何が起きるか分からないのに、わたくしたちの距離が出来すぎるのは……あまり上策《じょうさく》とも思えません。それにほら、睡蓮さんも、会いたがることですし」

「……そうかい」

言って、乱歩はサヱカに微笑《ほほえ》みかけた。

「では……そうさせてもらうよ」

おそらく……今サヱカが言った理由は急ごしらえの言い訳《わけ》だろう。

きっとうまく言葉が出てこなくて、あんな言い方になってしまったのだ。

しかし——乱歩《らんぽ》自身も、もう少し自分は、サヱカと共にいるべきである気がしていた。

自分と彼女は、罪《つみ》を抱えた。

二人とも、行きつく先は同じ、地獄《じごく》だろう。

でもそれまでは、二人でそばにいて、共に重みに耐えていたいと、そう思った。

大きく息を吸い込み、東京《とうきょう》の空を見上げる。

夏草の匂《にお》いが胸に広がり、視界《しかい》いっぱいの青色に墜《お》ちていきそうになる。

今はこの世界こそが、自分と彼女の生きる、美しい地獄。

あとがき

前シリーズが終わった段階では「次はハッピーな感じのコメディを書きたいです！」などと担当《たんとう》編集K氏《し》に話していたはずなのに、蓋《ふた》を開けてみればこのような作品が完成しておりました。自分自身《じしん》とても驚いております、岬鷺宮《みさきさぎのみや》です。

この作品を書くにあたり、種々の方法で大正《たいしょう》時代のことを調べました。書籍《しょせき》を読み込んだり、当時の地図を細かく見たり、昭和《しょうわ》三年創業《そうぎょう》という、ギリギリ大正の匂《にお》いをかぎ取れそうな飲食店にも行ったりもしました。

そんな風《ふう》にして当時のことを知っていく中で、様々《さまざま》な大正時代の魅力《みりょく》に触れることができたのですが、その中でも特に心惹《ひ》かれたのが当時の女学生たちの文化でした。

数々の流行《はや》り言葉を生み出したり、オシャレに気を遣《つか》ったり、歌劇団《かげきだん》のスターに憧《あこが》れたり……現代の女子高生にも負けない活《い》き活きとした生活を送る彼女たちに、僕はあっという間に夢中《むちゅう》になったのです。友達同士《どうし》の手紙のやりとりも盛んだった、というあたりには、ああ、女の子はいつの時代も女の子なのだなと、妙《みょう》な感動を覚えたほどでした。

百年近《ちか》く前のこと、と考えると、もうまったく実感《じっかん》がわかないほど昔であるような気がするのですが、人の気質《きしつ》はそんなに大きくは変わらないものなのかもしれませんね。

さて、本作《ほんさく》のヒロインは、そんな女学生たちと同年代、十代の少女《じょ》です。

しかし、僕個人《こじん》の好みをこれでもかと詰め込みまくった結果、もうなんか女学生とか現代の女子高生に通ずるとかそういう次元じゃないキャラに成長してくれました。

かなり偏《かたよ》りがあるやっかいな子ですが、なかなかにいいところもあるのではないかと生みの親《おや》自身は思っております。皆様にも気に入っていただければ幸いです。

さて、手短《てみじか》に謝辞《しゃじ》を。

担当編集K氏、ナチュラルにサヱカのことを「サヱカさま」と呼び続けてたのがなんだかうれしかったです、ありがとうございます。イラストを担当してくださったNOCO様、お忙しい中《なか》引き受けてくださってありがとうございます。これを書きながら今ラフを拝見《はいけん》させていただいているのですが、素敵《すてき》すぎてちょっとテンションがおかしくなっています。

そして何より読んでくださった皆様。本当に本当にありがとうございます。

願わくは、次作《じさく》にてまたお会いできますことを。

岬鷺宮《みさきさぎのみや》

◉岬　鷺宮著作リスト

「失恋探偵ももせ」（電撃文庫）
「失恋探偵ももせ2」（同）
「失恋探偵ももせ3」（同）
「大正空想魔術夜話　墜落乙女ジェノサヰド」（同）

本書に対するご意見、ご感想をお寄せください。

電撃文庫公式ホームページ 読者アンケートフォーム
http://dengekibunko.dengeki.com/
※メニューの「読者アンケート」よりお進みください。

ファンレターあて先
〒102-8584　東京都千代田区富士見1-8-19
アスキー・メディアワークス電撃文庫編集部
「岬 鷺宮先生」係
「NOCO先生」係

本書は書き下ろしです。

電撃文庫

大正《たいしよう》空想《くうそう》魔術《まじゆつ》夜話《やわ》
墜落乙女《ついらくおとめ》ジヱノサヰド

岬《みさき》 鷺宮《さぎのみや》

発　行	2014年4月10日　初版発行
発行者	塚田正晃
発行所	株式会社KADOKAWA 〒102-8177　東京都千代田区富士見2-13-3 03-3238-8521（営業）
プロデュース	アスキー・メディアワークス 〒102-8584　東京都千代田区富士見1-8-19 03-5216-8399（編集）
装丁者	荻窪裕司 (META＋MANIERA)
印刷	株式会社暁印刷
製本	株式会社ビルディング・ブックセンター

※本書の無断複製（コピー、スキャン、デジタル化等）並びに無断複製物の譲渡及び配信は、著作権法上での例外を除き禁じられています。また、本書を代行業者などの第三者に依頼して複製する行為は、たとえ個人や家庭内での利用であっても一切認められておりません。
※落丁・乱丁本はお取り替えいたします。購入された書店名を明記して、アスキー・メディアワークスお問い合わせ窓口あてにお送りください。
送料小社負担にてお取り替えいたします。
但し、古書店で本書を購入されている場合はお取り替えできません。
※定価はカバーに表示してあります。

©2014 MISAKI SAGINOMIYA
ISBN978-4-04-866402-8　C0193　Printed in Japan

電撃文庫　http://dengekibunko.dengeki.com/
株式会社 KADOKAWA　http://www.kadokawa.co.jp/

電撃文庫創刊に際して

文庫は、我が国にとどまらず、世界の書籍の流れのなかで〝小さな巨人〟としての地位を築いてきた。古今東西の名著を、廉価で手に入りやすい形で提供してきたからこそ、人は文庫を自分の師として、また青春の想い出として、語りついできたのである。

その源を、文化的にはドイツのレクラム文庫に求めるにせよ、規模の上でイギリスのペンギンブックスに求めるにせよ、いま文庫は知識人の層の多様化に従って、ますますその意義を大きくしていると言ってよい。

文庫出版の意味するものは、激動の現代のみならず将来にわたって、大きくなることはあっても、小さくなることはないだろう。

「電撃文庫」は、そのように多様化した対象に応え、歴史に耐えうる作品を収録するのはもちろん、新しい世紀を迎えるにあたって、既成の枠をこえる新鮮で強烈なアイ・オープナーたりたい。

その特異さ故に、この存在は、かつて文庫がはじめて出版世界に登場したときと、同じ戸惑いを読書人に与えるかもしれない。

しかし、〈Changing Times,Changing Publishing〉時代は変わって、出版も変わる。時を重ねるなかで、精神の糧として、心の一隅を占めるものとして、次なる文化の担い手の若者たちに確かな評価を得られると信じて、ここに「電撃文庫」を出版する。

1993年6月10日
角川歴彦